CHICALOTAS

Reunión de narradoras del Noreste

Marionn Zavala (Compiladora)

FUNÁMBULO
LIBRERÍA · EDITORIAL

CHICALOTAS

Reunión de narradoras del Noreste

Marionn Zavala (Compiladora)

Ileana del Río, Jessica Anaid, Karyme Saavedra,
Ana Karina Solís, Cibela Ontiveros, Irasema Corpus,
Marionn Zavala, Priscila Palomares, Itzia Rangole,
Maryan Escobar Manrique, Paulina Zamora

FUNÁMBULO
LIBRERÍA - EDITORIAL

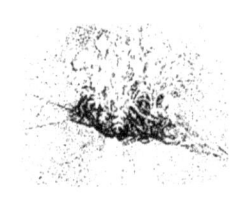

Chicalotas: Reunión de narradoras del Noreste
© Marionn Zavala
Ileana del Río, Jessica Anaid, Karyme Saavedra, Ana Karina Solís, Cibela Ontiveros, Irasema Corpus, Priscila Palomares, Itzia Rangole, Maryan Escobar Manrique, Paulina Zamora.

Ilustración de la portada y fragmentos interiores:
© Ana Ben

Corrección de estilo, maquetación y diseño:
Mikhail Carbajal

Funámbulo Librería - Editorial

Director general
David Granados
Coordinador Editorial
Mikhail Carbajal
Consejo Editorial
Renato Tinajero | Evy P. Reiter | Jorge López Landó

Este trabajo está sujeto a la licencia de Reconocimiento 4.0 Internacional de Creative Commons.
Se autoriza la distribución parcial de este libro en formato digital, más informes en funambulolibreria.com
Cualquier otra distribución por cualquier otra vía, requiere el permiso por escrito del editor.

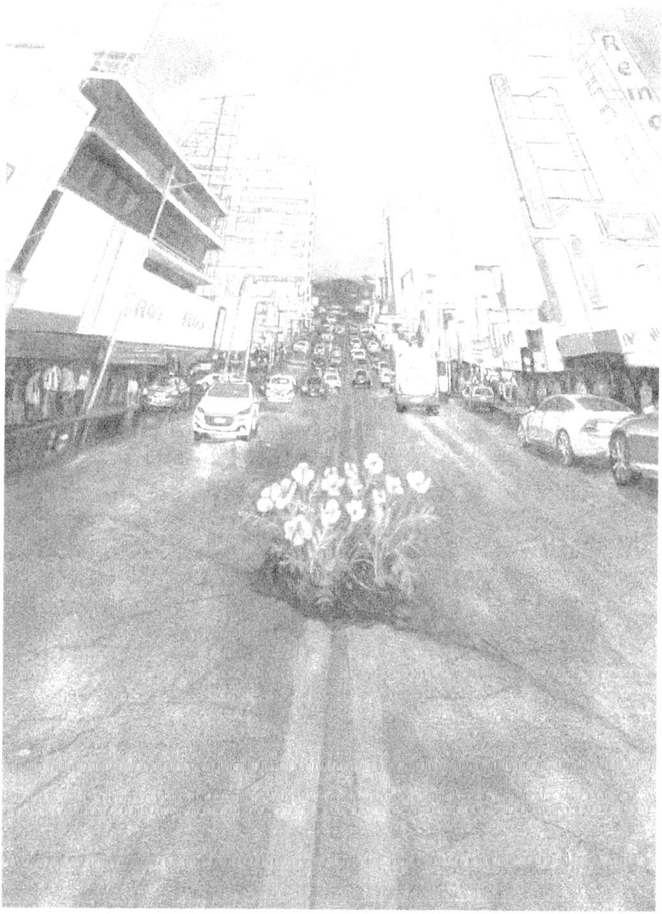

¿POR QUÉ CHICALOTAS?

Me gusta decir que nací en *lo más al norte de México,* casi en la horqueta de nuestro hermoso Cerro de la Silla, con *una pata para Monterrey y la otra pa Cadereyta.* Ahí, en el barrio del San Luisito, en mi Indepe Colombia y los cuajitos de Cadereyta, se terminó de formar mi carácter, mi esencia norteña, mis contradicciones y el preludio de estas letras que, ahora, salen a borbotones sin importar el lugar en el que me encuentre, el territorio que habite y me cohabite, el guiño de una extranjería nacional.

De niña pensaba que las mujeres que escribían eran sólo de otras nacionalidades, de países muy lejanos al nuestro, de otros idiomas y culturas, de cosas que quizá no iba a entender. Me las imaginaba rubias, altas, delgadas, casi perfectas, quizá con algún granito o lunar no querido en sus rostros, pero siempre con esa imagen de escritoras que nos venden las películas gringas, ante las que yo, como casi cualquier otra niña, era espectadora. La mujer que toma su copa de vino en la mano y la lleva lentamente hacia su boca mientras tiene la mirada fija en la pantalla de su computadora o de las hojas blancas, dispersas, a su alrededor, era una mujer tan distante a mí, tan extraña. ¿Habría una mujer rubia que tomara vino por las noches, después de su trabajo de oficina, y se pusiera a escribir, mientras el aire fresco de la noche le chocaba en el rostro casi perfecto? Pensaba. Pero miraba a mi alrededor y en el barrio no había ninguna mujer así, al menos no que yo conociera y que hubiera tenido la oportunidad de leer, de preguntarle qué sentía cuando las palabras le brotaban y que sin una copa de vino en la mano podía levitar de la emoción, del éxtasis que también es escribir un cuento, una novela, un poema, un texto.

¿Hay mujeres que escriben en el noreste de México?, ¿existen?, ¿cómo se llaman?, ¿cuáles son sus textos?, ¿de dónde son?

Dice también Alfonso Reyes que en su infancia no conoció *sombra, sino resolana*, y mi infancia fue algo así. Conocí y leí textos de otras personas, la mayoría varones, de otros lugares, de países y de idiomas que tampoco conocía muy bien. Como la cuarta y última hija de una pareja de comerciantes, sabía que lo más importante era saber sumar, restar, dividir bien, leer con atención cualquier documento antes de firmarlo, investigar el significado de ciertas palabras para que nadie te cuentee, que, al contrario, seas tú quien los pueda cuentear. Porque en el norte, en ese *noreste caliente* en el que se vacían sus calles por un Clásico Regio, en esa tierra árida y extrema que vibra con el grito de un gol, se desarrolla también el comercio nuestro de cada día, al menos en el lugar en el que crecí, entre la basílica de Guadalupe y los puestos con lonas azules o blancas bajo el puente del papa.

¿Existen mujeres comerciantes que escriben?, ¿de qué escriben las mujeres?, ¿de qué escriben las mujeres que también son comerciantes?, ¿sobre qué puedo escribir yo?

Con la resolana a cuestas y los libros del rincón de la SEP, que a veces me llevaba para leer en casa, pensé que también podía escribir. No sabía sobre qué. No sabía cómo, pero quería escribir porque el acto de leer era más grande y profundo que el de ver una película. La secuencia de imágenes en mi cabeza quería que también fueran producidas por mí, en los cuerpos, en las voces, en los escenarios que yo también me imaginaba cuando daban las siete, diez, once de la noche y mi papá todavía no terminaba de preparar el caldo de pescado para vender al otro día.

¿Puede una mujer del noreste escribir?

Y decidí responder que sí. A fuerza de cerrar los ojos, a fuerza de creer que nuestras experiencias, nuestros cuerpos, identidades y territorios también valen. Que contrario a lo que los prejuicios, la dominancia del centro (en todos los sentidos posibles), pudieran decir, sí existen las mujeres del noreste que escribimos. Y existen/existieron: Minerva Margarita Villarreal, Patricia Laurent Kullick, Dulce María González, Carmen Alardín, y otras y tantas y muchas más mujeres que por extensión de cuartillas para esta brevísima nota preliminar, me permite escribir. Que muchas de ellas, como yo, nacieron y crecieron en esa tan mentada periferia, en esos tan mentados otros territorios, no siempre citadinos ni céntricos, en esas otras condiciones (que son ciertas) de vulnerabilidad.

Una mujer del noreste sí puede escribir. Una mujer del noreste que carga a cuestas la resolana, que se puede dedicar también al comercio o gustarle el futbol, también escribe. Que bien se podría compilar una reunión de narradoras del noreste, una reunión de narradoras "novísimas" de esas, de las que somos relegadas por no ganar un premio o reconocimiento nacional todavía, de esas que nos falta trayectoria, publicaciones, de un nombre que las instituciones y un pequeño grupo de personas puedan decir y nombrar como *únicas y legales representantes* de los territorios áridos que habitamos; para brincar la marca de las novísimas, de ser mujeres de provincia, de resistir a las violencias sistemáticas que todavía hoy se ejercen a las mujeres que escribimos, de ese borrar e invisibilizar, decidimos nombrarnos:

Que las mujeres del noreste también escribimos. Que las mujeres "jóvenes" del noreste de México también escribimos. Que la escritura de las "novísimas" también guarda su propia potencia: textual o no textual, estética o no estética; que si borran nuestros nombres o no los escriben, que si no nos nombran nos nombramos nosotras y que por esa misma resistencia escribimos.

En esta reunión de voces, cuerpos, experiencias, de mujeres que nacimos y crecimos en esta tierra árida y hostil del norte, habitamos, también, las mujeres que escribimos. De esa necesidad nació este libro, de la imagen que Elena Madrigal sembró en mí, de ser una plantita que crece sola, ahí, a lo lejos, abandonada, al filo de una banqueta, en las orillas del camino, ahí, donde parece que no va a crecer nada, crecemos. Rompiendo el asfalto caliente, queriendo nacer, resistiendo a la vida y existiendo con la escritura, así, como Chicalotas, como plantitas que nadie cuida y que muchos otros prefieren ignorar.

Esta reunión de narradoras del noreste de México es también una reunión de Chicalotas. De más escritoras, de más mujeres, de más creadoras que, como yo, crecimos en esos ambientes hostiles, atravesados por las violencias de Estado que no se dicen, más las propias experiencias complejas que marcan y acompañan nuestro cuerpo como una cicatriz rosada y profunda.

Las mujeres jóvenes del noreste de México también existimos. Escribimos para resistir y, también escriben/resisten: Ileana del Río, Jessica Anaid, Karyme Saavedra, Ana Karina Solis, Cibela Ontiveros, Irasema Corpus, Priscila Palomares, Itzia Rangole, Maryan Escobar Manrique y Paulina Zamora. Mujeres del noreste mexicano, Chicalotas que crecimos en Coahuila, Durango, Nuevo León y Tamaulipas; Chicalotas que hoy nos reunimos en este libro, pero que estamos seguras nos faltan todavía más, otras Chicalotas que quizá aún esperan en la orilla de algún camino, con la amenaza de ser arrancadas por alguien que nos etiquete como un estorbo, una mala hierba; a ellas, a esas otras Chicalotas que sobreviven junto con nosotras, va dedicada también esta reunión.

¡Viva la carnita asada! ¡Viva el mole de guajolote!

MARIONN ZAVALA,
Puebla, marzo de 2024.

*Para todas las Chicalotas norestenses,
para las niñas que fuimos,
para las mujeres que somos.
Chicalotas del mundo: ¡unías!*

Repudias a las mujeres con razón:
Tienen lo que a ti te falta.

MINERVA MARGARITA VILLARREAL

Fátima

Ileana del Río

Llegó una noche de verano. La vi por el entresijo de la puerta de la casa, me acerqué despacito. Los labios le temblaban, pero no alcancé a escucharla. Su inseguridad me recordaba la mía cuando me ponían a leer en voz alta. Tal vez en ese momento comencé a tomarle cariño, sin verla bien, sin oír su voz, supe que me encontraba frente a otro animal herido. Goyita, mi abuela, me hacía señas con la mano para que no me acercara. Desobedecí. Su voz, un susurro de vergüenza. Que no tenía a donde ir. Que si podíamos darle posada. Mi abuela pasó saliva, se alisó el delantal y volteó a verme de reojo. Dudosa, le dio el pase.

Sus pies descalzos atravesaron el piso firme. El cabello oscuro le cubría la mitad de la cara y un trozo de tela amarrado como túnica la salvaba de la desnudez. Ella tomó asiento en una de las sillitas del comedor improvisado que teníamos. Recorría sus codos con ansiedad, los dedos de sus pies se apretujaban unos contra otros. Éramos tan parecidas. Yo la miraba con curiosidad desde mi mecedora pequeña y al poco rato, al ver que no bajaba la mirada, mi abuela me pellizcó un brazo. Aun así, mis ojos se clavaron en las cicatrices que recorrían sus brazos, sus manos, sus dedos.

Me dijo que se llamaba Fátima. Guardé silencio. Siempre que hablaba la gente me veía con lástima, así que hice puños con mi camisón, volteé hacia el piso y le contesté que me llamaba María. Dijo que le gustaba mi nombre. Goyita le trajo un poco de ropa de mi madre. No lloré, más bien me dio gusto que alguien luciera aquella ropa atrapada en la nostalgia. Esa fue la primera noche que Fátima pasó en la habitación que alguna vez fue de mi madre y mía. En el otro cuarto, la abuela me dio la bendición, se tiró en la cama conmigo y nos abrazamos fuerte. Esa noche también nosotras dejamos de estar solas.

Vivíamos de las pomadas para el dolor y para los hongos que preparaba mi abuela. El romero y la gobernadora perfumaban toda la casa. Aún ahora, cuando me siento triste, abro un botecito de una crema parecida para volver a ese lugar donde los olores me cobijaban. De cuatro manos pasamos a ser seis y así la producción salía más rápido. Fátima aprendió desde cero, pero no sólo a hacer pomadas, a la mañana siguiente de su llegada tuvo que recordar cómo usar un tenedor, cómo desenredarse el pelo. Parecía que sus dedos jamás habían trabajado juntos, salvo para bordar. El momento en que mi abuela le regaló una servilleta para bordarla, ella deslizó el hilo y los dedos con una facilidad que nos dejó boquiabiertas. Viéndola de lejos, también me preguntaba si en algún momento tuvo que aprender a caminar ya de grande, otra vez.

Al principio era tímida, se limitaba a cocinar, comer, limpiar, pero poco a poco nos compartió de su "vida anterior", su vida en la ciudad, aunque nunca nos dijo cual. Nos contó de cuando iba a ponerse uñas, de los estilos que le gustaban. Ella pedía mis colores y me dibujaba los diseños de las postizas que recordaba. Desde entonces quise ponerme uñas. También nos hablaba de todos los restaurantes a los que iba a comer con sus amigas, pero recalcaba que la comida de mi abuela no tenía comparación. Había algo raro en su forma de hablar, en su tono, que me hacía pensar que venía de un lugar muy lejano. Quería preguntarle qué hacía por acá, de qué eran aquellas cicatrices que cubrían todo su cuerpo, pero me daba pena.

El domingo, mi abuela se levantó a las cinco de la mañana para vender en el mercadito de la ciudad más cercana a nuestro pueblo. Iba contenta con los tarritos que logramos hacer entre todas, no la veía así de alegre desde la última vez que pasamos el día en el río, mi madre, ella y yo. Fátima le pidió unas cosas para bordar. Me quedé en casa como las demás veces, me puse mis huaraches y caminé hacia la esquina, ahí estaban, como de costumbre, las niñas de la cuadra. Jessy, Natalia y Fany jugaban con sus muñecas, pregunté si podía jugar, pero Fany soltó una risita burlona, Natalia se quedó viendo el piso y Jessy, peinando a su muñeca, pidió que me fuera, que como no sabía hablar y no tenía muñecas, no podía jugar con ellas. Esos momentos hacían que odiara mi cuerpo, su silencio, el puente roto entre mi cerebro y mi boca. Volví a casa, me arrodillé frente a una imagen de Jesús en el cuarto de mi abuela y cerré los ojos. Le rogué que me recordara cómo hablar.

Al abrirlos, Fátima me veía desde el marco de la puerta. Por unos momentos no dijimos nada, pero después hice un gesto con mis manos para invitarla a pasar. Se sentó junto a mí en el borde de la cama. Me preguntó si quería que me trenzara el cabello y asentí. Ella pasaba mechones de cabello de un lado a otro, mientras yo recorría las imágenes religiosas de mi abuela. Le pregunté si creía en Dios, me contestó que en su otra vida sí, pero que en esta ya no. Guardé silencio, la trenza se sentía rara al palparme la cabeza. Nos acercamos al espejo, pero aun así no podía verme el cabello, así que ella se hizo una trenza igual para que la viera. El cabello se entrelazaba desde arriba, un tejido más complejo de lo normal. Parecía un pan. Trenza francesa, me dijo. Otra vez ella, mostrándome algo nuevo.

El atardecer se fundía naranja en los matorrales. ¿Te conté que yo era maestra de primaria? Negué con la cabeza. Fátima volteó a verme a los ojos. Sí, de primer grado. Ella se sentó en una silla de plástico junto a la mía. Las dos vimos cómo se formaba un remolino a lo lejos. Algunos niños tenían problemas para hablar y los ayudábamos con ejercicios, podríamos intentar antes de que vuelvas a la escuela. Me quedé ahí, viendo la tierra levantarse, ¿sería que dios me había escuchado? De un momento a otro sentí que una llama dentro de mí cobraba vida.

**

La gente del pueblo le preguntaba a mi abuela por Fátima, que quién era esa, qué de dónde había llegado. No sé. Buscaba techo y yo tenía un cuarto. Mi abuela tan firme, con pocas palabras. En la escuela, yo, como podía, decía lo mismo. De pronto, Jessy, Natalia y Fany, me escuchaban con más atención, todo para saciar la curiosidad que tenían sobre la recién llegada. Aunque la vida de Fátima les aburrió al poco tiempo. La verdad es que no había mucho qué contar: Fátima pasaba los días ayudando a cocinar, dándome los ejercicios para hablar y bordando servilletas sentada frente a los matorrales. Parecía que llevaba una vida bordando, ella decía que en su vida anterior todo eso le parecía asunto de viejitas, pero que había algo ahora, entre la aguja, el hilo y la tela que la hacían sentir en paz. Guardaba todos sus hilos con recelo, en una cajita de aluminio que colocaba en lo más alto de un mueble en el cuarto, muy lejos de mi alcance.

Cuando la colección de servilletas se hizo enorme, mi abuela sugirió que la acompañara a la venta los domingos, pero Fátima tenía miedo del viaje, de la gente, del ruido, de todo. No estaba lista para encontrarse fuera del pueblito. Goyita, un poco decepcionada, se ofreció a venderlas y Fátima aceptó. Una tarde completita la dedicó a ordenar todos sus hilos y pasé mis ojos por cada uno. Me detuve ante una hilaza delgada, parecía negra, pero también parecía gris, metálica, pero de hebras suaves. Mis ojos miraban con fascinación los brillos que parecían salir de la hilaza, pero cuando mis manos se encaminaron, Fátima la agarró, ágil como una loba. Su mirada cambió y sus hombros se tensaron. Me quedé en silencio, a punto de llorar. Ella respiró hondo. Se acuclilló frente a mí y me enseñó la hilaza colgando entre los dedos de una mano. Es para emergencias, me dijo. Una tontería, como si la vida fuera a sostenerse por una hilaza. Asentí, ella siguió bordando servilletas y yo me planté a jugar en la tierra del patio de atrás.

Meses después, durante un terregal, aparecieron en el pueblo más mujeres como Fátima. Todos hablaban de eso en la escuela, pero yo no había visto a nadie. Al salir, caminé con Fany, a veces me daba la impresión de que ya éramos amigas, y ella insistió, me preguntó si de verdad no sabíamos nada. Volví a negar con la cabeza. De vuelta a casa, una vecina se sentó a comer sopa de fideo con nosotras y nos contó todo el chisme. Que iban semidesnudas. Aterradas. Que sus cuerpos estaban tenían cicatrices y los tonos de la piel eran dispares. Que unas se quedaron donde les dieron asilo y otras siguieron caminando entre los matorrales. Fátima dejó de comer de la impresión. La mujer le preguntó en voz baja si se sentiría bien de conocer a otra chica; al parecer, el padre de la iglesia había invitado a la comunidad a hacer un acto de fe y asistir a alguna chica, por lo que las feligresas más fervientes no se hicieron esperar. Fátima asintió, se puso las chanclas y se fue con la señora.

Esa tarde me quedé esperando a Fátima con la barbilla entre mis manos. Mi abuela y yo ya estábamos con la cena cuando llegó. Se veía cansada. Nos sonrió, se sirvió de cenar. Paula, se llamaba la chica nueva. Más joven que ella. Paula sólo recuerda haberse despertado, de la nada, en medio del desierto, como yo, nos dijo Fátima quien nunca nos había contado de esta primera memoria. Al escucharla, sentí que la comida se me hacía bola en la garganta. Sus dedos temblorosos dejaron el tenedor dentro del plato de sopa y encerró en su cuarto.

No dormí esa noche. Pensaba en qué se sentiría nacer de la tierra así nada más, nacer grande, nacer marcada y sin explicación. Pensaba también en desaparecer, separarse de una casa, de una hija, de la propia historia. Fátima y mi madre parecían dos lados de la misma moneda. Una desorientación en el espacio tiempo, un hueco entre vidas y la imposibilidad de conocerlas. Sentadas en la combi, rumbo al mercado, mi abuela me susurró al oído que le dejara las preocupaciones a la gente grande. Odiaba un poco esta conciencia que se da entre seres cercanos, queridos, un intento de telepatía que te deja desnuda, transparente en un lugar así tan cotidiano como el asiento de una combi. A veces los pensamientos no se leen, se sienten y eso no es justo.

**

Fátima y Paula pasaban mucho tiempo juntas. Al principio era Fátima quien la visitaba, pero después Paula vino a casa. Era más bajita, tenía poco cabello y sus manos eran largas y delicadas. Ambas me ayudaban con la tarea y yo las veía bordar horas y horas. Paula rompía con la seriedad de Fátima, como una hermana mayor con una menor. Paula no recordaba nada de su vida pasada, decía que su piel contenía muchas historias desconocidas para ella y pasaba sus manos por las cicatrices visibles. Era raro ver a dos mujeres jóvenes bordando con tanto ánimo. Imaginaba, que de juntarse con más chicas así, salidas del desierto, formarían un grupo de bordadoras, pero también había algo en ellas, en verlas, que me ponía la piel de gallina.

Fátima y Paula se secreteaban en sus reuniones de bordado, pero no era de esos susurros de amistades comunes, como las amigas en la escuela que se secretean y ríen. Fátima y Paula se ponían serias, la mirada se les iba para otro lado y relamían sus labios en silencio. Por un segundo dejaban de ser ellas y se iban muy lejos. Era triste verlas cuando se ponían así, pero se recomponían más o menos fácil, si las veía hechas una piedra, yo misma iba y les decía algo tonto sobre el clima, un dato aprendido en la escuela, alguna pregunta sobre la servilleta. Era importante que volvieran de esos lugares tan incómodos porque ya no estaban ahí. Como agradecimiento, me hicieron un par de servilletas donde salía yo con la ropa de colores que me hubiera gustado tener. Las conservo todavía, una prueba material de que todo fue real.

En algún momento decidieron hacerse autorretratos bordados, pero no les importaba tanto el rostro, sino sus propios cuerpos. Un mapa de todas sus cicatrices. Consiguieron un espejo de cuerpo completo y por turnos se dibujaban en una cartulina. Pude ver el abdomen de Paula al levantarse un poco la blusa, toda esa carne quemada, llena de texturas. Al verse en el reflejo del espejo, se le notaba que quería llorar, pero se aguantó. Paula venía a escondidas y dejaba casi todo el material en casa de mi abuela. Nos contó que la señora que la acogía era muy conservadora y que, de enterarse de su idea, seguro que la correría.

Se encerraron en el cuarto de mi madre y desde el huequito de la chapa en la puerta vi una línea que bajaba por la espalda de Fátima como una serpiente. Venía desde el cuello, porque sí había visto su origen, pero jamás la imaginé tan larga, ni tan acompañada por otras líneas violentas que la hacían ver como una muñeca de trapo viviente, parchada por otras pieles. Un rompecabezas de mujer, de mujeres. Vomité de la impresión en el patio de atrás, bajo un limón. No entendía cómo seguían vivas, ni qué les había pasado, pero comprendí el peso de aquellos puntos de fuga dolorosos a los que se iban.

Una noche entre semana, Fátima desdobló su cartulina en la mesa. Mi abuela y yo paseamos la mirada por todas esas líneas que el papel nos presentaba. Tomé la mano de abuela y la presioné con fuerza. Ella me devolvió el gesto y una mirada de complicidad. Mi abuela y yo también lloramos, no sé si por el gesto, por nuestros propios dolores o por un reconocimiento hacia sus heridas. Las tres nos abrazamos. Después Fátima nos enseñó una a una las servilletas que hizo de cada parte de su cuerpo. Duró meses trabajando a puerta cerrada. Ella misma había ido a la ciudad para comprar todos los hilos. Su proyecto la había obligado a ir más allá de territorio conocido, para mostrarnos lo más cercano y lo más misterioso de sí misma.

En la noche, ya tiradas en la cama, Goyita me contó que le tranquilizaba pensar que a lo mejor mi mamá también había encontrado otra familia. Que tal vez no recordaba nada de nosotras, pero que aun así podía vivir en paz. Volvimos a llorar, sonriendo, fantaseando con que, mi madre, de quien no volvimos a saber nada, pasaba sus tardes bordando o caminando o pintando, comiendo, viendo las nubes. A mí me aliviaba pensar que, así como yo soñaba con ella, tal vez ella soñaba con la abuela y conmigo, con nosotras como desconocidas, pero proveyéndole un sueño recurrente con cariño dentro de la confusión.

Fátima y Paula terminaron con un montón de servilletas con bordados de sus cuerpos y las colgaron en un tendedero del patio de atrás. Fátima dedicó un par de servilletas a sus manos, desde distintos ángulos, posiciones de los dedos y las tantas hilazas que había comprado se correspondían con los distintos tonos de su piel. Paula, por otro lado, hizo un estudio profundo sobre su clavícula, sus hombros y su cuello. Habían dedicado mucho tiempo a observarse, a rastrear centímetro a centímetro dónde empezaba y terminaba cada línea. Terminada la tarea, las chicas quemaron el tendedero. Mi abuela no las detuvo, ni dijo nada. Las cuatro mirábamos las llamas llevarse los pedazos de tela.

Una tarde, después de jugar con Jessy, Natalia y Fany entré a casa por la puerta trasera. Mi abuela y Fátima conversaban tomando café. Parecían serias, por lo que me escondí detrás de una puerta para que no me vieran. Mi abuela le insistía a Fátima con que podía buscarse la vida en otro lado. La chica negaba con la cabeza, pero mi abuela, ya susurrando, le dijo que en el pueblo había personas que sospechaban de donde había venido. Por un momento dejé de respirar. No sé de qué habla, dijo Fátima. ¿Crees que no sabemos lo del monte? Fátima enmudeció. Aquí habemos pocos, pero la gente es chismosa. Conocen a personas que han escuchado…visto cosas que desafían a dios nuestro señor. Dejé caer mi peso sobre la puerta de metal y el cerrón interrumpió la conversación. Goyita se levantó como si nada y Fátima sonrió nerviosa al verme.

**

La polvareda se levantaba por el paso de camionetas a gran velocidad. Ocurría al atardecer, pero al transcurrir los meses, el grupo de vehículos podía hacerse presente a cualquier hora. Las personas corrían, se encerraban. Si estábamos en el recreo nos pedían volver al salón. Todos teníamos miedo. Mi madre y algunas otras mujeres se iban en grupo para tomar el transporte a la maquila. Yo tenía prohibido ver hacia las ventanas de las camionetas o buscar los ojos de los pasajeros. La tensión era cosa de todos los días. Los rumores no paraban. Todos rumores trágicos. Pronunciados entre dientes, en algún rincón, porque las paredes, los animales, los árboles escuchaban y todo podía acabar mal.

Vivíamos en un pueblito olvidado, con agua contaminada, animales flacos. La fragilidad de la existencia era sostenida por la aridez de la tierra y la insistencia del sol. Por eso, cuando me prohibieron salir a jugar en el patio de atrás también me entristecí. La vida se achicaba. Podía ver el horizonte a lo lejos, expandiéndose sin límites, pero ese espacio no era para nosotros, cada día era un acercamiento más a una asfixia lenta. Aprendimos a vivir así: mi abuela me tapaba las orejas cada que alguien le contaba rumores, pero yo me enteraba, algunos niños escuchaban e imitando a los adultos, nos secreteábamos las novedades en un rincón del salón. Robos, parientes que no volvían, golpes, sangre, muerte… Aprendí a deletrear todas estas palabras, parte de mi día a día, parte también de una segunda piel que nos creció a todos. Una segunda piel a modo de protección, de salvaguardar el pasado. Una segunda piel simbólica en comparación a la de

Fátima. Yo fantaseaba con que algún día podría mudar de piel y volver a esa primera capa. Hasta ahora no lo he logrado, a mamá se la tragó la tierra y sin esta segunda piel, cargaría con la herida en carne viva.

Nunca supe bien a dónde se dirigían las camionetas. Usualmente, el tráfico iba en dirección contraria a la ciudad. Mi abuela, que había crecido en el pueblito, solía contarme de la tierra más allá. De los ranchos de antes, las parcelas, los matorrales, el cielo abierto y todas las plantas y cactus. Ahora sólo quedaba una que otra casita donde la gente moría de hambre o alguna personalidad dedicada a "actividades alejadas de la gracia de dios".

**

Los toquidos desesperados nos despertaron en la noche, venían de la puerta de atrás. Fátima tomó un cuchillo y se acercó despacito hacia la puerta. Mi abuela y yo sólo escuchamos el cuchillo topar contra el suelo seguido por unas lágrimas que no eran de ella. Salimos y descubrimos a una Paula arañada bajo la pequeña bombilla de la luz. Fátima la ayudó a levantarse y ella duró un rato así, inconsolable sin poder hablar. Después de un tecito, nos contó que la señora de la casa le encontró una servilleta donde había bordado un pecho. Paula trató de explicarse, pero la señora no la bajaba de puta e indecente mientras intentaba romper la servilleta. Paula la arrebató de sus manos y la mujer comenzó a arañarla. Ella se quitó a la señora de encima como pudo, tomó algunas cositas y huyó. Mi abuela puso a calentar agua y Fátima ayudó a Paula a bañarse. Al terminar, Paula y Fátima se encerraron en el cuarto y yo, con la oreja en la pared, escuché gritos de molestia cuando Fátima le curaba las heridas. ¿Vas a dejar que se quede aquí?, le pregunté a mi abuela. No sé. Asentí con la cabeza y maldormí, todas maldormimos.

No fui a la escuela. Me la pasé con Fátima y con Paula, quien se sentía destrozada. Mi abuela accedió a que se quedara un par de días, pero le aconsejó irse porque seguro la señora le haría la vida de cuadritos. Pueblo chico, infierno grande. Ya no iba a poder vivir en este lugar en paz y no sabía qué le deparaba la vida. Toda su alegría se había esfumado. Fátima intentó animarla, la invitó a bordar, a jugar cartas, a cualquier cosa para que se distrajera, pero nada funcionó. Mi abuela nos pidió prepararnos, ya que seguramente la señora vendría con un sermón pendejo. Así aprendí que esa misma mujer sermoneó a mi abuela años antes, cuando mi madre quedó embarazada de mí. Invasiva, pidió hablar con ella, sentarse en el sillón y echarle en cara que no había cuidado bien de su hija. Tal vez en aquellos entonces mi abuela no había sido lo suficientemente fuerte para mandarla al carajo, pero ahora ella era distinta.

Vimos el programa de chismes matutino, la telenovela de bajo rating a mediodía y el noticiero. Trágico como siempre. Fátima estaba sentada en el sillón y Paula tenía la cabeza sobre las piernas de su amiga, recostada sobre el mismo mueble. Yo lavé una sandía para prepararles trocitos de fruta, algo dulce que hiciera de todo el suspenso, algo más ligero. La mujer llegó a tumbarnos la puerta. Mi abuela, quien me estaba ayudando con la sandía se alisó el delantal y se preparó para atender el llamado. Paula cerró los ojos y se hundió aún más en el sillón.

Mi abuela entreabrió la puerta y la mujer le susurraba cosas que no alcancé a escuchar. Goyita respiró hondo. Yo apunté el cuchillo sobre la sandía, pero se me resbalaba sobre la cáscara. Paula se enderezó en el asiento y Fátima volteó hacia la puerta con extrañeza. Goyita comenzó a gritar, y yo, que apuntaba de nuevo el cuchillo sobre la sandía, busqué a mi abuela en dirección de la puerta. De un momento a otro la que gritaba era yo, mi cuerpo temblaba y mis ojos se desorbitaron al ver que me había cortado el meñique de la mano izquierda. Un chorro de sangre invadió la mesa y el piso. Me quedé en blanco, pero mi abuela se adelantó a tomar el dedo del suelo. Escuchaba las voces lejanas de Fátima y Paula. Los gritos de la señora ahora eran de pánico ante la escena.

Tiempo después, mi abuela me contó que vio a Fátima comentar algo en el oído de Paula, quien asintió. Ambas corrieron al cuarto y al volver le arrebataron el dedo de entre las manos, mientras la señora no paraba de rezar. Fátima me vio a los ojos y yo confié, como siempre. Me enseñó la hilaza que brillaba. Se apuró a cortar un poco, ensartarla en una aguja y de un momento a otro, ahí estaba mi dedo de nuevo. La mujer me veía estupefacta y fue Paula quien hizo un último nudo antes de cortar el hilo. Una emergencia.

La mujer huyó. Nosotras nos quedamos en silencio, hasta que mi abuela se puso a limpiar la sangre. Pasé más de media hora sin mover la mano, ni los dedos, pero cuando lo hice, todo funcionaba. Para ese entonces las cuatro teníamos una taza de té y en el fondo sonaba un infomercial. Tienen que irse, dijo mi abuela. Las dos chicas asintieron. Paula se comía las uñas, ansiosa. Fátima volvió a decirnos que ella no recordaba mucho de cuando despertó por primera vez, pero que Paula sí y palpó una de las piernas de su amiga para que se animara a hablar. Mis recuerdos no son claros, pero sé que alguien me cosió, de muchas otras y que dejó sobre mi mano un poco de esa hilaza y una aguja. Hubo un susurro con voz de mujer que me dijo que cuando me quebrara, me cosiera de nuevo. Goyita escuchó sin decir nada.

Fátima me tomó de la mano mala y yo la apreté con fuerza. Supe que nos despedíamos para siempre. Sé también que, así como su cuerpo, su vida tenía capas que iban más allá de lo conocido. Juntaron sus cosas, mi abuela consiguió que les dieran *ride* a la ciudad esa misma noche. Vi la silueta de ambas subir a una camioneta. Mi abuela se persignó, y yo, apreté con fuerza el trocito de hilaza que Fátima me dejó por si las dudas y lo acerqué a mi garganta, muy juntito a esas cuerdas donde renació mi voz.

LA UTOPÍA DEL PARTO

Jessica Anaid

Nos han hecho creer que el cuerpo femenino es una cárcel, un castigo. Estoy sintiendo el dolor natural, el dolor primigenio de una parturienta en repetidas contracciones que se expanden como estos muros de metal. No saben que la anticipada vibración que siento está a punto de liberarme. Sé que al final hay gozo en medio de las caderas abiertas que nos han cerrado para evitar el nacimiento. Me han encerrado en esta cárcel. Estoy encarcelada porque quise intentar un parto natural en mi paciente, y han vertido su dolor en mi cuerpo, un dolor común que se experimentaba hace casi un siglo. Hoy en día las mujeres ya no podemos parir por la vagina.

Las cesáreas se dispersaron en todo el mundo como una plaga, modificando la manera de dar a luz. Las mujeres perdieron el control de sus cuerpos y cedieron ante los falos punzocortantes: los bisturís. Las caderas, las piernas y las vulvas pasaron a ser aniquiladas en la anestesia. La mujer se convirtió en un vehículo para alumbrar, dejando de ser la creadora. La diosa fue silenciada en el hormigueo de la epidural. El parto se convirtió en una vivencia peligrosa, evitada por obstetras y madres que temían por la vida de los fetos. Nuestros nacimientos fueron marcados por el corte de la cesárea, y aún los seres humanos recuerdan el resplandor del filo plateado, la violencia es parte de nuestra naturaleza, vamos en busca de dar ese último tajo destructivo. No fuimos bañados por las hormonas del amor. Somos seres cada vez más fríos, más violentos e indiferentes.

He visto nacer a tantos niños y niñas por esa abertura que huele a gases, a azufre, a vísceras revueltas. El primer llanto que emerge es el rechinar de los instrumentos que se abren y cierran mientras se corta el músculo de la matriz.

Es el instrumental médico el que alumbra en su resplandor metálico; es el foco del quirófano el que alumbra. ¿Y la madre? La madre es un objeto inerte sobre la mesa quirúrgica. Para continuar con el vínculo entre la madre y el recién nacido se les muestra un holograma idéntico al de sus hijos e hijas. Cuando van a la sala de recuperación, siguen contemplando al ser inanimado, a la imagen de ojos cerrados, bruma inexistente; sé que buscan el primer sollozo y el primer contacto que les han robado. Inútilmente palpan sus cuerpos pequeños de luz fluorescente. La leche ya no brota de sus senos porque se han creado alimentos que dicen superar los nutrientes de la leche materna. A nuestros cuerpos les falta saber que han parido. La última fase del embarazo ha sido borrada de la memoria de nuestros cuerpos. No hay un final, y la naturaleza resiente el impacto.

Darwin: nuestra anatomía cambió y los vientres son forzados a abrirse como latas desechables que desprenden rebabas filosas que se incrustan en la cicatriz. Ahora las caderas son estrechas e inflexibles porque ya no necesitan expandirse, ahora son nuestros instrumentos quienes cumplen la función, sustituyendo la fisiología del cuerpo femenino. Hemos olvidado cómo parir. Los vientres ya no experimentan las contracciones; la madre tierra ya no tiembla a la par de los úteros. Ya no tiembla la diosa en su manifestación creadora. Sólo tiemblan las máquinas, estos dedos índice y medio.

Recorro los quirófanos como si recorriera un museo, veo *El origen del mundo* de Courbert modificado. ¿No es esta una manera de evitar el acto sexual del parto? Quiero abrir las piernas y parir, mostrarles que podemos hacerlo, que ahí está el umbral para dar vida. Este no es el paraíso masculino de Adán donde se nace a partir de la abertura de su costilla. ¿Cuándo olvidamos el paraíso de Eva abriendo la manzana, expeliendo el mosto bermejo, fruto de su vientre? ¿Cuándo dejamos que esta serpiente punzocortante tomara el control y nos dejara el testamento de su lengua desconocida sobre el vientre cosido, supurando la pus añeja y putrefacta de un dios médico intentando evitar el parto para convertirse en el protagonista de la creación? Fue cuando no hicieron nada para disminuir el número elevado de cesáreas injustificadas. Cuando afirmaron que los cuerpos de las mujeres estaban defectuosos, deformes para parir y les inventaron desproporciones pélvicas e historias en relación al cordón umbilical como el lazo letal capaz de asfixiar a los fetos al momento de nacer. No dejaron gritar a todas esas mujeres embrazadas al momento de parir y poco a poco fueron cerrando las piernas. Al final rompieron con la conexión y las madres no se sintieron madres a causa de la depresión posparto, enfermedad que sigue siendo un tabú.

Cierro la puerta del quirófano para que nadie entre. En medio de estas paredes blancas pongo en marcha el museo del nacimiento. Voy seleccionando las obras en esta realidad aumentada. Aparece Frida Kahlo pariéndose a sí misma; selecciono ver la animación de la pintura y la cabeza de la artista emerge salpicando una trementina roja. Durante el recorrido virtual encuentro a la diosa Tlazoltéotl, la mujer de piedra en cuclillas. Prefiero no ver la animación. Imagino sus caderas abriéndose como una grieta entre la tierra. Intuyo el sonido de un montículo de arena desgranándose para dar vida. El grito de su boca es como el de la hojarasca agitada por la contracción repetida de una ventisca que simula la fuente rota del vientre invisible.

Al reflexionar e imaginar cómo sería un parto no puedo dejar de pensar en todo aquello que nos han robado. Han decidido por nosotras, nos han tumbado en la camilla del quirófano, mirando siempre hacia la luz amarilla y cegadora. El encandilamiento del parto es un foco amenazador nublándonos la visión de la verdad, de la experiencia que perdimos por el capricho de este sistema que logró tener el control sobre nuestros cuerpos. Sólo recuerdo el holograma de mi hijo en posición fetal, sin intuir su nacimiento, flotando antes de ser extraído de mi vientre. Y yo cediendo antes las manos de mis colegas como una diosa hindú con más de ocho brazos cercenado mi cuerpo: cuatro brazos humanos y otros cuatro metálicos. Sólo hasta ese momento entendí que no es a nosotros los obstetras a quien nos corresponde alumbrar, salvo excepciones justificadas. Fui testigo, fui participe del gran robo del parto. Abrí los vientres, cosí infinidad de heridas y al final me persiguió la misma cicatriz casi imperceptible como una plaga, como un animal ponzoñoso que cada día expele su veneno paralizándome la matriz, la carne que apenas siento. Me cuesta asimilar que el niño que yace en la cuna es mi hijo, ¿cuándo lo parí? ¿Cuándo tuve un hijo si no fui partícipe de su nacimiento? Esta llaga me sigue recordando que la cesárea es antinatural, que sí, hay que intervenir para salvar vidas, pero ¿cuándo sabremos que somos capaces de pujar, de hacer pasar por el canal del parto a nuestros hijos mientras el nacimiento les estruja la cabeza? Quizá no somos capaces porque nuestra anatomía ha sido modificada, pero ¿sí hay una huella ancestral en nuestro cerebro que se active en el momento en el que el feto esté listo para nacer? Emilio sigue en su cuna con los ojos cerrados, como si aún estuviera en mi vientre, a veces creo que él no sabe que ha nacido. Cuando despierta me mira desconcertado y cierra los ojos, porque aún no era tiempo y hemos aceptado un nacimiento ajustado a la agenda médica, a las exigencias de los médicos. Emilio, ¿cuándo me vas a nacer? ¿Dónde busco la sensación, la experiencia que nos estruje a ambos para saber que yo estoy aquí, que soy tu madre?

Me obsesiono con el parto, busco las fotos familiares, las fotos de mis antepasadas. Hay un archivo donde se resguardan las imágenes de mujeres embarazadas, como un árbol genealógico, un árbol cuyas raíces están sumergidas entre el líquido amniótico de sus fetos que parecen semillas. Ahí veo mi propia gestación. Sé que tengo que encontrar a una mujer embarazada que desee quebrantar las raíces de la cesárea. Me pregunto entre esas fotografías, cuál de ellas habrá tenido un parto. En la universidad, cuando estudiábamos la historia del parto, recuerdo que mencionaron a una comunidad indígena que aún paría de manera *natural*. También había otra comunidad en la que los maridos hacían cortes a sus mujeres y ellas siempre morían; hasta que un día la rata (ser mitológico) les mostró a las mujeres cómo podía parir sin necesidad de que le atravesaran el vientre con un filoso cuchillo. ¿Dónde podré buscar a una de esas mujeres o a un ser mitológico como la rata? Aventurarme a viajar hacia lugares lejanos quizá sea difícil. Al igual que un arma punzocortante tendría que atravesar el continente y romper los territorios para encontrar a alguna mujer o la información que necesito, con el riesgo de regresar únicamente con el ardor de aquella cicatriz recorrida sin ningún logro. O quizá podría inventarme una cuenta anónima en las redes sociales y lanzar un anuncio: "Se busca embarazada para intentar un parto por la vagina". Sé que aún hay activistas que luchan por regresar a la fisiología del alumbramiento natural. Pero también hay personas que jamás intentarán que el útero adquiera la fuerza de antaño, expandiéndose para tomar el control, porque terminaría expulsando a todos los robots obstetras, médicos y bisturís de rayo láser; incluso yo iría incluida en ese grupo.

    Me aventuro a la clandestinidad, como el filo de un cuchillo, voy murmurando entre mis colegas de confianza mi idea y haciendo delicados cortes creándoles la duda. La obstetra Martha me revela que hay una clínica en la que hay pocos cuidados hacia las embrazadas. Dice que han cometido la negligencia de no inyectarles la medicina para inhibir las contracciones. Me intereso por este lugar, está en otra ciudad, lejos; no importa, soy como una herramienta médica haciendo incisiones para llegar a mi objetivo. ¿Estaré buscando concluir el parto truncado, esa última fase de mi embarazo? Emilio es como ese cordón ficticio que me cruza el vientre, entrecruzado como un laberinto difícil de llegar a él. Quizá busco mi primer encuentro con Emilio, obstaculizado por la piel sellada en una cicatriz.

Cruzo el largo pasillo del hospital. Es de noche y no hay nadie laborando. Como en todos los hospitales de ginecobstetricia, la entrada es a las 7 de la mañana y la intervención de las cesáreas a las 9. Ahí me espera una obstetra, se llama Angelina, me pide que llegue con bata blanca y el cabello recogido. Entro como si fuera parte del personal. Ha justificado mi entrada diciendo que estoy realizando una investigación. Entro a su cubículo. No hablamos porque el lugar está intervenido. Soy una extraña en el lugar. El ambiente está tenso. Me muestra proyecciones del cuerpo de sus pacientes en tiempo real. Se detiene en una paciente. Tiene casi cuarenta semanas. Veo al feto al interior del útero, haciendo movimientos. No se le ha dado aún la medicina para inhibir las contracciones por falta de suministros en el hospital. Sonrío, es una posible candidata. He llegado hasta ese útero, estoy ansiosa por palparlo, casi es una realidad. Quisiera extender mi mano hasta la imagen que se proyecta en el vacío, en el aire de este hospital y sentir su nacimiento. Continúo observando la imagen en movimiento y un corte rompe con mi utopía del parto: el feto está acomodado en posición transversal. Le pido que me muestre otro vientre, murmurando en voz baja. El ambiente se tensa y sale rápidamente del lugar. La sigo. Salimos del hospital. "No puedo ofrecer otra paciente por el momento. Te llamo después", me lanza la frase que acaba por cortar de tajo mi idea. Sangro la idea, se me escurre por el rostro decepcionado: "no sabré que es parir", me digo a mí misma, resignándome.

La idea del parto vuelve a resurgir como una punzada en el vientre. Me punza mi propia herida. La toco y no hay rastro, no hay nada que me diga que tuve una cesárea, sólo esta punzada invisible que percibo. No puedo intervenir en mis pacientes. Veo cada uno de los vientres en tiempo real proyectados en el aire esterilizado de este hospital. Los fetos de treinta y ocho semanas ya no tienen movimiento, está en estado de reposo, esperando a ser extraídos del vientre de sus madres. ¿Y si inyecto la oxitocina, la hormona del amor? ¿Y si inhibo el medicamento para evitar las contracciones del cuerpo de alguna de ellas? Me invaden las preguntas como fetos que se alimentan del cordón umbilical de la curiosidad. Encuentro dos vientres casi a término. A uno de ellos le faltan veintiún días para cumplir las 39 semanas. Tengo agendada su cesárea dentro de una semana.

La mando a llamar. Entra a mi consultorio. "Marcela, acabo de ver algo extraño en tu útero" *Perdóname, Marcela. Sólo quería saber lo que es un parto.* "Tendré que suministrarte un medicamento". *Quería presenciar las contracciones, el útero capaz de dar vida en la expulsión.* "Recuéstate en la camilla, relájate, te guiaré para que todo salga bien". *¡No soy una delincuente por tratar de regresar a la fisiología natural de nuestros cuerpos! ¡Aquí tienen su maldito bisturí! No lo volveré a usar.* "Los movimientos que sientes son normales, es lo que se debe sentir en un parto." *Si ustedes no hubieran intervenido ella no hubiera sufrido una cesárea de emergencia. Yo la iba a guiar como una partera.* "Ponte de pie, camina" *No soy una delincuente. No me van a encarcelar.* "Ponte en cuclillas y cuando sientas ganas de pujar, puja, Marcela". *No, no me metan ahí. Ustedes son los delincuentes que nos prohibieron parir, que nos prohíben parir.* "Puedes parir, no tengas miedo. ¡Puja! Veo la cabeza... ¿Qué hacen aquí? Estoy con mi paciente, no pueden entrar a mi espacio. Déjenla terminar lo que ya comenzó. Es ella la que puede parir. Deténganse, no necesita una cirugía, la he acomodado en cuclillas para que sus caderas se abran. Diles que puedes parir, Marcela; que quieres terminar esto". *¿Mi castigo será sentir el dolor que le causé a mi paciente? Sí, yo voy a sentir sus contracciones, los movimientos naturales del cuerpo para alumbrar. Yo voy a terminar lo que empecé. Mi cuerpo no es un castigo, no es una cárcel. Ustedes nos han encerrado en la cárcel del quirófano, el castigo es la intervención quirúrgica, la cicatriz invisible de barrotes que punzan en la herida. Una, dos, tres contracciones, respiro... la fuerza de la diosa se ha transportado a mi cuerpo... cuando salga de aquí, Emilio, habré parido.*

Actos de cortesía

Karyme Saavedra

El vapor crece y comienza a manchar las paredes de vidrio templado del baño. Aunque la regadera está lejos de mi cabeza, el agua cae insistente, pero de manera ordenada. Su diseño cuadrado predestina su dirección; las gotas que se libran de este destino logran hacerlo gracias a que chocan con mi cuerpo. Lentamente, mi cabello se pega a mi cuello y al resto de mi espalda. Cierro los ojos, mi reflejo me acompaña. Cuando los abro una vez más, Mateo se asoma por la puerta. Intento ignorarlo. Me concentro en el agua, en la espuma del gel de baño y en mi reflejo. El vapor desdibuja la distancia que me separa de Mateo. Sus besos siguen ahí, entre mis clavículas, mis costillas, y también, un poco más abajo, entre mis muslos y los costados de mis rodillas. El agua sigue cayendo, el vapor empieza a ser asfixiante. Mateo se sumerge al interior de los canceles del baño que solían protegerme de él.

Alcanza a sonreírme antes de que el vapor se apodere también de su cuerpo. Le doy la espalda y Mateo lo interpreta como una invitación a *algo*. No sé a qué exactamente porque Mateo es impredecible, pero decide tomarlo como una oportunidad para volver a besar mi cuello. Mueve mi cabello húmedo con cuidado, siento su respiración cerca de mí, y después, un beso. Es corto y suave. La humedad de sus labios se confunde con las gotas de agua que caen insistentes y me río. A mi lado, el reflejo revela una silueta igual de delgada que continúa besándome. Mateo es sólo unos centímetros más alto que yo, pero la diferencia es suficiente para que él necesite agacharse para llegar a mi nuca. Siento su sonrisa, su calor y su naturaleza distante enfrentándose a mi miedo, mi amor y la fragilidad de mi corazón.

Mateo abre más la llave. El agua corre con más fuerza, la espuma desciende de nuestros cuerpos. Las palabras se escapan de mis labios. *¿Tienes prisa?* Los besos de Mateo se detienen. *Pensé que podíamos pedir algo de cenar*, insisto. El reflejo ya no me permite ver a Mateo. Las gotas caen y la respuesta no llega. *Creo que podemos hacer eso.* Una caricia en el brazo y después, la presión del agua disminuye: Mateo regresa la llave a su punto inicial.

El resto del baño se vive en silencio. Las notas de miel del jabón nublan mis sentidos y armonizan el ambiente tenso en el que estamos inmersos. Ninguno habla, pero nuestras manos siguen buscándose. Antes de que Mateo alcance mi cintura para aproximarme una vez más a él, consigo retener las lágrimas que lentamente se acumulan en mis ojos. Atraso también, con mucho esfuerzo, el nudo en la garganta. Segundos después, un camino de besos de mi cuello al dorso de mi mano intenta hacerme olvidar que Mateo quiere abandonarme una vez más. Una risa lastimosa brota de mis labios. Él besa mis lágrimas, pero no se disculpa por haberlas provocado. Nunca lo hace.

Hubo un tiempo donde Mateo dudó de mis sentimientos. La grava debajo de nuestros zapatos, el sudor en el cuello y una mirada de culpabilidad. *No te conocía lo suficiente como para creerte.* El viento que movía mi cabello. *Pero ella ha estado conmigo casi toda mi vida.* Una excusa que no alcanzaba a escucharse. *Perdóname, ¿qué hubieras hecho tú?* Las primeras lágrimas que derramé por él. *Dime algo, Ale.* Un claxon de fondo, murmullos a nuestro alrededor y un silbato que rugía insistente contra los automóviles. Todas las emociones sentidas en un minuto. *¿En algún momento llegaste a quererme?* Dije, pero en cuanto tenía la oportunidad, volvía a buscar su mirada sin encontrar un poco de arrepentimiento. Los rayos del sol cobijando mi huida, el alivio de Mateo por dejarme ir.

Durante los meses siguientes, él desapareció. O tal vez, Lucía y Regina, mis mejores amigas, se encargaron de que no pudiera encontrarlo, volverlo a ver, sentir su respiración. En ese tiempo volví a ser talla cero, dejé crecer mi cabello e intenté sobrevivir a su ausencia. El otoño fue frío sin él, y el invierno aún más; otras personas se fueron de mi vida como él y la aparente incapacidad de mantener a las personas cerca de mí empezó a dañar mi alma. Mateo, Fernando y José se fueron, y ninguno intentó escogerme. Nadie lo hacía.

En algunas ocasiones, la imagen de Mateo dormido entre las cobijas de mi cama se reproducía en mi memoria. La fugacidad de esos recuerdos me dejaba en claro que no valía la pena atesorar un material tan desechable. Pero la ilusión de lo que *pudo haber sido* me mantenía despierta durante las noches, intentando encontrar su aroma en sábanas que ya habían sido lavadas para alguien más.
El reencuentro fue gracias a los libros, lo que originalmente nos unió. Una edición de setenta y cinco pesos de una antología que ambos pretendíamos investigar bajo la esperanza de estudiar en el extranjero. Los mismos perfumes, la misma cotidianidad, la misma amabilidad. *Quédate el libro, no te preocupes.* Una cortesía hiriente. *Podemos usarla juntos, ¿dónde vas a encontrar otra igual?* La guerra que dos pueden jugar. Mi necesidad de coincidir, su resignación con una sonrisa igual de amable. Alzó los hombros, divertido. *Supongo que tienes razón.*

El primer poeta estudiado fue Manuel José Othón. Notas al margen con lápiz para él, con tinta azul para mí, porque yo era la dueña de la antología. Respuestas mutuas en cada comentario, intercambios del libro, y de sonrisas amables. Todo un ritual con el mínimo contacto. Mateo se limitaba a lo estrictamente necesario: un saludo genérico, preguntas de cortesía, quejas sobre tránsito y vialidad, la antología, y un último acto de amabilidad, como llevarme a mi casa. Comencé a aprovecharme de lo último, era fácil tomar ventaja de su gentileza.

Su carro, ese lugar seguro, empezó a ser el mío también. Mi celular se conectaba de manera automática al sistema y mi música, mensajes y llamadas ahora también eran suyas. Poco a poco las conversaciones afuera de mi casa se alargaron. Nos olvidamos de la antología y la investigación. Éramos solo los dos, sin interrupciones, sin amabilidad y, sobre todo, sin *ella* de por medio. En ese primer regreso, su verdadera esencia lograba escaparse cuando la cortesía empezaba a sobrar en nuestras conversaciones. Después de la confianza y un par de *Coronas*, él comenzó a mostrarse sin su armadura y hablaba conmigo. De la música que se obligaba a escuchar porque se la recomendaban, pero que en realidad no le gustaban; de chistes que no le hacían gracia, pero que debía fingir para quedar bien; de trabajar con personas ineficientes que no escuchaban con atención sus instrucciones; del estrés de graduarse, de la presión que ejercía su familia sobre él y el miedo al envejecimiento de su perro. De no saber a qué país huiría después de intentar vivir por su cuenta durante un año. De querer negar la cercanía de una persona que intentaba constantemente pertenecer en su vida.

Pero no hablo de ti, Ale. Me gusta que estés aquí. Mateo me observó fijamente mientras lo decía. *¿A ti te gusta estar?* Intenté verme en el reflejo de sus lentes; fue inútil. *¿Te refieres al carro? Claro que me gusta estar en el carro.* Mateo sonrió. *Voy a interpretar tu respuesta como yo quiera.* Su rostro estaba enrojecido por el alcohol en su sangre. *Sí, me gusta estar en tu vida, por eso te volví a hablar, Ma-ti.* Una fuerte carcajada antes de compartir aliento y una pregunta colgando al aire: *¿Crees que estoy esforzándome por pertenecer a tu vida?*

Después de esa noche los besos se incluyeron en su lista de actos de cortesía. Eran suaves, pero, sobre todo, espontáneos e inconsistentes. Mateo dejaba escapar sus besos cuando percibía que la ansiedad envolvía mi cuerpo. Caían en mi frente, mis manos; otras veces en mis sienes y unas pocas en mis labios. Pero me besaba, y después, sonreía. Con gentileza, como solía hacerlo.

En uno de esos días, Mónica, una amiga de ambos, fue testigo de ello. Me dedicó una mirada profunda y sin emitir sonido alguno pronunció: *Tenemos que hablar. Ahora.* Nos despedimos de Mateo, él asintió desinteresado. Seguí a Mónica de cerca sin saber a dónde íbamos exactamente; su cabello rubio brillaba bajo el sol mientras caminábamos por la avenida Revolución. *Él nunca sabe lo que quiere,* gritó contra los bramidos de la ciudad, *y siendo honesta, nunca lo sabrá, porque siempre estará cómodo en esa dinámica.* Nos detuvimos en una cafetería de franquicia y después de recibir nuestras respectivas órdenes, Mónica dio un largo sorbo a su café americano antes de hablar. *Creo que lo mejor sería que primero me cuentes todo y después, si quieres, puedo darte un consejo.* Accedí y comencé a hablarle del reencuentro, del intercambio de la antología y de cómo lentamente habíamos establecido una rutina que incluía los traslados a mi casa. Hablé también de la forma en la que mis sentimientos habían resurgido y cómo, a diferencia del pasado, habíamos llegado ya al contacto de nuestras pieles. Escuchó atenta, movió los distintivos vasos rojos de café que nos separaban y tomó mis manos. *¿Y qué es lo que te hace sentir tan ansiosa?* Me tomé varios minutos para meditar mi respuesta. *Me dijo que alguien estaba intentando hacerse cercana a él, pero después aclaró que no se trataba de mí. No sé si debo sentirme ofendida por su necesidad de aclararlo o preocupada por la presencia de alguien más.* Una ligera decepción se plantó en su mirada. *Seguramente hablaba de Azu, pero él también la busca y le habla, así que definitivamente, Azu no es la única que lo intenta.* La observé sin entender. *Que intenta estar en la vida del otro "constantemente", quiero decir.* Suspiró. *No es una competencia de quien se queda con Mateo, Ale. Me gustaría creer que sus intenciones son buenas, pero parece ser que no es así. Aunque creas que las cosas ya cambiaron, no esperes que en esta ocasión lo haga oficial. No lo va a hacer, Ale.* Su mirada se suavizó y el tono de su voz comenzó a adquirir un tono más cariñoso, casi maternal. *Te va a responsabilizar de todo* *y al final, la persona que te provoca ansiedad será la misma que la "cura". Y así quiere que sea; contigo, con Azu, con Ángela y con la próxima "A" de su vida.* Agregó con una sonrisa culposa. Nos despedimos con un abrazo.

Antes de que pudiera evitarlo, Mateo regresó a mi vida y los días comenzaron a crearse alrededor de él, de nosotros. Las tardes a su lado se sentían como el calor del sol de otoño. Conforme el tiempo pasaba, sus actos de cortesía iban en aumento. Empezó a tomarme de la mano una vez más, regresamos a los puestos de comida que solíamos frecuentar y los fines de semana los dedicábamos a comprar vino barato mientras una película de fondo era testigo de los besos que intercambiábamos. Pero simultáneamente, los abrazos en público, el roce de sus dedos contra la piel debajo de mi blusa, sus miradas de complicidad y su sensibilidad comenzaban a ser incómodos cuando recordaba las palabras de Mónica. Y si intentaba alejarme de él, Mateo desaparecía antes de que pudiera hacerlo.

Entonces, la ansiedad me asfixiaba cuando Mateo se ausentaba de mi vida. Volví a bajar de peso y mi cabello creció una vez más. Él regresaba cuando había retomado las riendas de mi vida y huía cuando volvía a destruirlas. La investigación estaba por concluirse. Ambos sabíamos que la separación estaba próxima a ocurrir.

Mis lágrimas se detienen. El agua ya no corre y Mateo se limita a acariciar mi cabello húmedo. La tristeza avanza por mi cuerpo, sé lo que está por suceder. Nuestras miradas se enfrentan y sus ojos lo confirman: su acto de cortesía más importante fue fingir que me amaba. El mío, que él me importaba.
Nos vestimos en silencio. Prendo un cigarro mientras lo veo irse, se acerca, saca su propia cajetilla y enciende su *Marlboro* con el mío. *¿Te vas?* Pregunta, señalando con su cigarro las cajas de mudanza que decoraban mi habitación. Le digo que

sí. *No eres el único que quieres huir.* Agrego y él sonríe. *La fecha en que decides hacerlo es, particularmente, interesante. ¿Llegaste a hablarme sobre eso?* Doy una calada profunda con despreocupación. *Bueno, es la bienvenida a los nuevos estudiantes de maestría, por supuesto. Lo sabes, ¿no? Creí que también te habían aceptado.* El cigarro de Mateo cae de sus dedos. *Por favor, Mati, acepta la antología como un regalo de despedida. Te puede ayudar con la aplicación del próximo ciclo.*

La puerta se cerró detrás de él, dejando atrás un cigarro consumiéndose en el suelo y una antología de setenta y cinco pesos.

LÁGRIMAS ESCONDIDAS

Ana Karina Solis

De mi madre aprendí a llorar a escondidas, nadie tenía por qué saber que estaba herida, que la habían lastimado o que sentía una completa felicidad. No, llorar era debilidad.

Yo sabía que había llorado por las señales en sus ojos al día siguiente: esa hinchazón delatora y vergonzosa que cubría con una cantidad exagerada de maquillaje; pero estaba prohibido hacer preguntas, imposible rastrear las razones. Lo único importante era que no mostrarse vulnerable significaba ser fuerte.

—A nadie le gustan las niñas lloronas —decía cuando mi yo de seis años estaba a punto de soltar el llanto. Debía ser verdad, porque en todos los años de matrimonio fingido, de acciones pasivo-agresivas, mis padres nunca se divorciaron: a papá le gustaba la fortaleza de mamá. Siguiendo su ejemplo de mujer invencible, pronto decidí que ya no lloraría por nada.

No voy a mentir, hubo situaciones en las que mi convicción se vio tentada a soltar una gota, por mínima que fuera: la muerte del abuelo materno, que descubrió en mí el talento para montar una bicicleta cuando tenía ocho años; a los once, la decisión de practicar la eutanasia en mi perro cocker de la infancia, demasiado viejo como para comer por sí mismo; el galardón de mejor promedio al salir de la universidad con el título automático de Contador Público a los 23… Ni tristeza ni felicidad lograron quebrantar mi voto. Cada vez que llorar era una posibilidad, me repetía mentalmente "A nadie le gustan las niñas lloronas" y pensaba en mi madre que tanto había sobrevivido.

Fue así como mi cuerpo comenzó a guardar las lágrimas: primero en el pecho para incrementar el atractivo visual. Al principio nadie lo notó, seguía siendo la misma niña obstinada y, para el final de la secundaria, la pubertad había escondido mi secreto. En la preparatoria fue bastante productivo, una cantidad adecuada de pretendientes me significó el éxito de las lágrimas que no salían. Mamá tenía razón, te robaban fuerza, y, en definitiva, no habría tenido la popularidad que tuve de haber llorado como lo hacían las otras chicas.

A los veinte, el pecho ya no era suficiente: para balancear la figura guardé lágrimas en las caderas, en los muslos. Era de esperarse que para esa edad hubiera desarrollado ya una vida sexual activa: tuve un par de acompañantes ocasionales y me cuidaba de no verlos más cuando se acercaba la etapa del compromiso. Mis padres me habían mostrado que el matrimonio solo conducía a una profunda soledad; así que fui construyendo un microcosmos en el que la universidad me servía para destacar en el ámbito académico y en el social sin la fatalidad de las ataduras. Quizás el haber sufrido de una reputación poco favorecedora habría provocado que el llanto guardado saliera: no fue así, la imagen de estudiante de excelencia me llevó a continuar con la acumulación de lágrimas.

Después de la universidad mis amigas comenzaron a casarse. La envidia de un matrimonio feliz, contrario a la vida marital de mis padres, me dibujó un futuro distinto: era posible que las cosas funcionaran, era posible que los esposos se apoyaran, incluso era posible el amor. Aunque dejé mi hábito de relaciones con fecha de caducidad inmediata y frecuenté sitios con gente diferente a los que acostumbraba, los esposos potenciales no pasaban al siguiente nivel y la cantidad de lágrimas guardadas fue creciendo junto con el anhelo de ir a una boda no solo como invitada.

¿Ahora cuál era el problema? Yo no era una niña llorona, había hecho las cosas bien: cuerpo envidiable, buen trabajo, independiente. ¿Quién iba a pensar que sería precisamente mi madre quien echaría por la borda años de acumulación de líquido? Según su escala, me había vuelto demasiado exigente, intimidante, perfeccionista: eso evitaba que pudiera encontrar a alguien compatible, que decidiera quedarse, quererme.

—A los hombres no les gusta que las mujeres sean más exitosas que ellos.

Aquella frase selló mi sentencia. Ya no había vuelta atrás, la madre que me enseñó a ser invencible acababa de romper todo por lo que había trabajado mi vida entera y ni siquiera podía llorar, sacar la ira, el reproche. Guardé tantas lágrimas que llegué a un punto en el que colocarlas en lugares atractivos ya no era opción: estaban llenos y yo no sabía cómo drenarlos para volver a empezar. Por más que lo intenté nada salía de mis ojos. No es que no sintiera tristeza, al contrario, era todo lo que me llenaba en esos días; no obstante, la voluntad de llorar de una vez por todas se había esfumado por completo.

Dejé de ver a todos mis seres queridos cuando me transformé en una masa amorfa de lágrimas. Pasé semanas enteras durmiendo casi todo el día, con una mínima cantidad de energía para comer algo y satisfacer mis necesidades generales. Perdí mi empleo (también por eso guardé llanto). Todas las acciones del día finalizaban con alguna parte de mi cuerpo recolectando lágrimas que no corrían. Cada parte de mi ser fue creciendo, hasta disminuir mi movilidad casi por completo. La última salida de casa que hice fue para visitar a un médico.

Apenas me vio, escribió "obesidad" en sus notas. Me ofendí, mi estómago no era el problema, nunca guardé lágrimas en él y comía bastante sano, incluso hice ejercicio cuando aún podía moverme. Me preguntó mi nombre, me subió a la báscula sintiéndose seguro de su predicción y vio lo que yo veía todos los días: 58 kilogramos. Sentí satisfacción al ver su cara: era obvio que mi peso no correspondía con mi figura.

—No puedo llorar, doctor. He guardado todas mis lágrimas desde que tengo seis o siete.

El médico no atinaba a decir nada: sonidos guturales salían de su garganta sin poder formar palabras. Escribió garabatos en una receta y me la dio. Diuréticos. Como si no lo hubiera intentado antes. Tres días después la escena se repitió: me subió a la báscula y el 58 volvió a aparecer en la pantalla digital.

Ese mismo día fui al laboratorio porque necesitaba algunos análisis. No podía dejar pasar el tiempo si el problema —porque ya era un problema— continuaba, moriría enterrada en mis propias heces a causa de la inmovilidad. Para mi mala suerte, los estudios de laboratorio se hacen con un ayuno de entre ocho y doce horas. Tomé un taxi a casa. Sobra decir que, desde el trayecto hasta quedarme dormida, no tuve otra opción más que seguir guardando mis lágrimas de frustración.

Al día siguiente, otro coche de alquiler me condujo a Laboratorios Nova. El olor a químicos era perceptible desde la puerta, eso me dio esperanza. La chica de recepción me miró como lo hacían todos: lástima mezclada con repulsión se asomaba en su rostro sin ninguna capacidad de esconderla, quizá con el cinismo que solo puede ostentar una chica delgada. Con pasos lentos llegué hasta el mostrador y me recargué en él para tomar aliento hasta que logré un "Buenos días" decente, después le comenté que el doctor Riquelme me había indicado una química sanguínea de 32 elementos. Me sonrió forzadamente, como si estuviera en el decálogo del buen empleado y su supervisor la observara en todo momento. Anotó mi nombre en una lista y me señaló una silla minúscula en la sala de espera.

La toma de muestras se hacía en una pequeña habitación cerrada, detrás de la recepción y su empleada cínica. Como procedimiento rutinario, un chico me aplicó alcohol para después amarrar una banda elástica a mi brazo gordo en busca de una vena: nada apareció. Quiso sonreír, pero el intento se transformó en una mueca incómoda.

—A lo mejor estás muy nerviosa. Las venas se esconden, ¿sabes? Probemos con el derecho.

Otra vez nada. Quería decirle que mi "obesidad" era agua, que no pasaba todas las mañanas viendo películas coreanas de amor y comiendo tres pizzas para el almuerzo, si tan solo me pusiera en una báscula lo comprobaría. Terminé por callar la explicación.

La visita al laboratorio fue un fracaso: me enviaron a casa con la recomendación de bajar de peso. Me enfurecí, caminé, con pasos lentos pero furibundos, hacia la farmacia más cercana y compré diez jeringas: estaba decidida a sacarme sangre así fuera lo último que hiciera. No iba a darle gusto a la chica burlona de la recepción ni al doctor Riquelme —con su diagnóstico equivocado—, mucho menos al químico que no sabía hacer su trabajo.

Gran parte de los ahorros que había acumulado durante mi tiempo en el despacho contable se iba en taxis, imposible caminar más de tres cuadras: sí, la báscula decía 58 kilogramos, pero el agua, invisible para el aparato, era más pesada en mi cuerpo, me faltaba aliento, me sobraba "fuerza". Todo lo que necesitaba era llorar, ¿por qué nadie podía explicarme cómo hacerlo?

Ya en casa, busqué tutoriales en YouTube: "Cómo tomar una muestra de sangre". Luego me puse manos a la obra: si lograba obtener la sangre necesaria, me harían los estudios, los llevaría con el doctor Riquelme, descartaría afecciones más graves y no le quedaría otra más que tratar mi problema con las lágrimas. El cordón elástico de una pieza de ropa interior vieja sirvió para presionar el brazo: ni un asomo de vena. Desesperada, corrí al cuarto de baño, encajé una aguja nueva en donde el video sugería que estaría la vena y succioné: otra vez nada. Saqué la aguja con violencia y la arrojé al bote de basura, si pudiera llorar lo estaría haciendo ahora mismo; en cambio, otra cantidad de lágrimas se colocaba sobre lo ya guardado. Me senté en la tina con los ojos cerrados:

—Dios mío, enséñame a llorar.

Es seguro que Dios sabía que no era una persona creyente, porque mi deseo no se cumplió. Entonces supliqué por que la sangre dejara de ocultarse y probé con la siguiente jeringa nueva en el otro brazo. El segundo intento también fracasó. Era consciente de que, aquella mañana en el laboratorio, el problema había sido yo, no el químico, y los pequeños orificios en ambos brazos lo comprobaron, cuatro en total: dos del laboratorista, dos míos.

La ira se apoderó de mí y un impulso frenético me llevó a perforar todas las partes de mi piel que tenía al alcance: los muslos, la cadera, el abultado estómago, los anchísimos hombros. Piquetes extáticos aquí y allá, en zonas acostumbradas a la retención del líquido salado, por un intervalo considerable de tiempo, cubrieron la mayor parte de mi figura voluminosa. No paré hasta que me cansé y solté la aguja de mi mano sin fuerza. Mientras recobraba el aliento, pequeñas gotas de agua empezaron a brotar por los agujeros de mi cuerpo. Ese día, como por imitación, mis ojos soltaron lágrimas.

Teorías

Ana Karina Solis

Aquella noche tenía tantos planes: hablar poco, pero decir claramente lo que ya no me gustaba de nosotros, escuchar con atención. No sabía la nula importancia de mis supuestos planes ante el misterio.

Decidimos vernos en el lugar de siempre, ni siquiera hice el esfuerzo de disimular que no quería salir de casa después de las nueve de la noche, ya para qué. Iba, hasta cierto punto, convencida de que lo nuestro había muerto desde hacía varias semanas; ya no me dolía llorar, era más un llanto de evidencia: sí tenía corazón.

Aquel lugar con la pintura nueva era nuestro sitio, ahí nos conocimos, era lo correcto que fuera el escenario del punto final: el grafiti con el nombre en letras coloridas que nunca pude descifrar ya no estaba. Apenas coincidimos, bajó de esa motocicleta que siempre odié y se subió a mi coche para hablar. Surgieron los primeros reclamos: el tiempo, el trabajo, la comunicación. Las luces bajas de un coche viejo avanzando en dirección contraria me dieron en la cara. El conductor detuvo el auto a media calle, no hizo ningún esfuerzo por ocupar uno de los cajones de estacionamiento y quedó perpendicular con respecto a nosotros. Apagó las luces.

Teoría 1: probablemente eran foráneos y no sabían que iban en sentido contrario. Quizás una de las llantas se ponchó, por eso no podían colocarse en un cajón. Un chico en bicicleta pasó justo al lado del coche y nadie pidió su ayuda. ¿Por qué, en lugar de encender las intermitentes, había apagado por completo las luces? Conclusión: algo extraño estaba sucediendo.

Toda la situación era sospechosa, nadie descendía del vehículo; la oscuridad que antes nos cobijaba ahora los ayudaba a ellos.

Teoría 2: algún fallo mecánico interno les imposibilitaba avanzar. En ese caso, podrían haberse dado cuenta de que el coche se detendría en cualquier momento y tomaron el primer giro que vieron, sin darse cuenta de que era en sentido contrario. ¿Por qué nadie descendía para abrir el capó e inspeccionar el motor? Aunque no alcanzaba a ver a los demás pasajeros, no había duda de que el conductor era un hombre: por regla general, los hombres saben algo de mecánica, o por lo menos fingen saberlo.

Teoría 3: estaban esperando a alguien para hacer un intercambio de mercancía ilegal. Mi cerebro se encendió, no escuchó nada de lo que decía Arturo, ni siquiera las palabras que pronunció para calmarme. Mi mente trabajó en resolver que me había quedado atrapada en medio del peligro con alguien que no valía la pena. Desde el extremo contrario del estacionamiento se asomaron los faros encendidos de otro coche, se detuvo en seco con un chirrido que se disolvió en cuestión de segundos al igual que mi seguridad. Activó la reversa y se fue por donde había llegado. A lo lejos alcancé a distinguir la forma de una camioneta grande, con llantas mucho más anchas de lo que se esperaría y una barra de luz neón en el capacete. Imaginé que la compra-venta no se había llevado a cabo por nuestra presencia, lo cual nos ponía en un peligro mayor. Quise arrancar el carro y huir, pero estaba petrificada. El sospechoso del automóvil viejo continuó sin actividad. No había hecho ningún movimiento. Si estuviera a punto de vender algo, habría ido tras el cliente para concretar el negocio. Conclusión: algo mucho más raro estaba sucediendo.

Teoría 4: estaban esperando a alguien para asesinarlo. En estos tiempos, ¿para qué se usan los coches viejos, polarizados, fáciles de abandonar sin que alguien los busque? Seguro eran sicarios, limpiadores, de los que se consideraban desechables. Probablemente los de la camioneta lujosa eran los mandamases y habían ido solo a revisar que el trabajo se cumpliera. Pero la víctima no llegaba. O éramos nosotros, mejor dicho, Arturo, porque yo nunca me había metido en problemas.

Mi ansiedad se disparó cuando la puerta del conductor se abrió y un hombre avanzó hacia nosotros. Creí en Dios, recé. Una de sus manos buscaba algo en su bolsillo: el arma, estaba segura… Líbranos de todo mal, amén…

El hombre tocó en la ventanilla del copiloto y comenzó a hablar. Dentro del automóvil, yo le suplicaba a Arturo que no bajara el vidrio, que nos fuéramos de ahí. Abrió la puerta y bajó, yo lloraba.

Teoría 5: Arturo era narco y yo acababa de descubrirlo. ¿De qué otra forma podría estar tan tranquilo mientras un suceso como ese pasaba frente a nosotros? Era probable que la camioneta lujosa que se marchó en reversa fuera de sus propios guardaespaldas. ¿Cómo no me di cuenta? El poco tiempo que nos dedicábamos bien podría ser porque necesitaba resolver negocios urgentes. ¿Acaso era yo el negocio urgente de la noche? ¿No estaba permitido terminar una relación con un narcotraficante? Pensé en aclararle que yo no sabía nada, que no hablaría con nadie; también en pedirle perdón por cualquier cosa, fingir amor hasta sentirme segura; o arrancar el coche de una buena vez, mudarme de ciudad, cambiar mi nombre... Pero no pensé tan rápido, Arturo había intercambiado algunas palabras con el tipo y caminaban hacia mi puerta. Debí suponerlo, trabajaban juntos. Seguro no parecía la clase de persona que daría pelea y por eso los demás se quedaban dentro del coche, aunque no podía distinguir muy bien cuántas personas estaban adentro, sería fácil para ellos dos doblegarme.

Arturo me hizo señas para que bajara la ventanilla, más valía no contradecirlo. Limpié mis lágrimas con el dorso de la mano y accioné el botón eléctrico, me mordí el labio inferior para no gritar, pero no pude crear una sonrisa falsa, ni por él, ni por mí misma. Arturo no habló.

—Buenas noches. ¿Le puedo ayudar en algo?

—Buenas noches, señorita. No se asuste, traemos a mi mamá, no somos gente mala.

Fue lo último que escuché, temblando como no lo hacía desde mucho tiempo. Un pensamiento asaltó mi ya de por sí nublada conciencia: "Como si los malos no tuvieran madre".

EL INFIERNO QUE SE MERECEN

Cibela Ontiveros

No le des conciencia a la nostalgia,
la desesperación y el juego.
Pensarte y no verte
Sufrir en ti y no alzar mi grito…

JUAN CARLOS ONETTI

I

11 de mayo de 2025

Mi querido Máximo Meridio:

Cierra los ojos. Lo primero que descubres es que ningún pájaro canta. Cuando te diga que un día despertamos y el piso estaba tapizado de hojas, de flores, de frutos, de mariposas, pero, sobre todo, de aves, navegarás de la tristeza a la ira y de ahí al miedo. Cae una lluvia que se vuelve tormenta, tambores que anuncian la catástrofe. De pronto, esas gotas son proyectiles de hielo, llueve granizo y en menos de cinco minutos una micro-ráfaga ha causado estragos del tamaño de un huracán; los aviones se desploman más de lo que vuelan. Si te digo que cierres los ojos es porque la única lluvia que existe ahora está en tu cabeza. En la mía es preciso desenterrarla de la memoria y así extenderla como un velo para sepultar al mundo, por su bien.

Tú piensas que las personas se despiertan con alarmas todavía, que reúnen las pocas ganas que tienen de vivir: se bañan, toman café y se van a sus trabajos horribles donde les exprimen el alma y les dejan apenas unas migajas para que al día siguiente hagan lo mismo. La rutina sigue siendo el arsénico de hoy. El día te abre la boca y te lo da a cucharadas; pero te equivocas en algo, pues casi todas las ciudades del norte del país han quedado vacías y el trabajo ha cambiado de piel. Resulta que pocas ánimas se pasean a la hora del sol. La radiación es tan fuerte que no se puede andar por las calles, a menos de que seas un suicida. Por cierto, debo decirte que la policía ya no persigue a quienes atentan contra sus vidas. ¿Quién puede obligarte a vivir en el presente sin ofrecer a cambio la posibilidad remota, ya no de que la vida volverá a ser lo que fue, sino de que podrían detenerse en seco la Tierra, los días, el tiempo, los pensamientos? Las injusticias y abominaciones se ejercen de otro modo: se adaptan —me resistí mucho a entenderlo— a la vida moderna.

Vi arder las macetas de casa, los jardines, los parques, los bosques y luego las selvas. Luego tocó el turno a los animales que trataron de escapar, sin suerte, de sus hábitats, pues las intoxicaciones de los incendios también fueron implacables. A los animales domésticos de las ciudades no les fue mejor: morían en las casas y en las calles por radiación o deshidratación. Morir a causa del sol es ahora tan común como lo fue antes de peste negra. Nos fuimos quedando más solos, más tristes. Un inmenso desierto nos atrapó. Es mentira cuando afirman que el sol ha desaparecido alrededor de las tres de la tarde. El humo de los incendios es el que lo oculta para que la soledad de su ausencia nos haga recobrar el ánimo y el aliento. Cuando se disipe la humareda, el astro se alzará con más furia para ir por nuestras cabezas. Una nieve fina, negra, cae sobre nosotros. *Sabe a presagio, a mortaja.*

Las tormentas solares son más frecuentes. Las radiaciones de plasma son dardos que caen en diferentes ciudades. Ocasionan auroras boreales en latitudes nunca vistas y roban el aliento a los espectadores con el afán de afligirlos después. Fallaron las comunicaciones, la electricidad, los aparatos, dispositivos. A ratos nos quedamos sin internet y la gente no se lo toma muy bien. Algunos se golpean contra las paredes, se arrancan el cabello, se desatan las ansiedades. Una palabra pronunciada con una carga minúscula de violencia es suficiente para crear la chispa que enciende a la muchedumbre. Estallan vidrios, vuelan cuerpos, se golpean y se matan en los estadios, en las calles, en el supermercado, en los restaurantes, en los antros, en los cines.

El mundo dejó de ser el mismo a raíz del Covid-19. ¿Recuerdas esas llamadas interminables en las que nos preguntábamos si la naturaleza quería terminar con nuestra especie o era el mismo hombre destruyéndose? El planeta se había detenido de una forma inusual y, sin embargo, algunos fuimos obligados a seguir trabajando desde casa con nuevas formas de yugo. Estuvimos confinados por voluntad y por convicción. Nuestras hermanas y madres se enfermaron, incluso yo enfermé el año pasado y tú aún permanecías invicto hasta la última vez que te escuché. Te libraste de dolor de cabeza y de cuerpo, de los mareos, de la falta de apetito, de la tristeza indefinida.

Luego, los polos, norte y sur se derritieron por completo, liberando bacterias que antaño causaron enfermedades. Esa fue otra cara del infierno para los niños que morían en los brazos de sus padres a una velocidad que causaba pánico y desolación. Los antivacunas formaron un grupo que fue creciendo por temores a que les inyectaran algún chip o que le podían extraer el líquido de las rodillas, ni ellos tuvieron tiempo de arrepentirse; pero otros, los padres que llevaban al pie de la letra las recomendaciones de salud y que habían vacunado a sus hijos, tampoco lograron evitar el exterminio. Otras presas fueron los ancianos que igual hubieran muerto por el dolor de los nietos idos. Tú, mejor que nadie, sabes cuánto he deseado la extinción de la humanidad, pero en mi cabeza ocurría de otro modo: nos aniquilaría un meteorito, un terremoto de magnitudes nunca vistas o cualquier otro desastre natural, preciso y contundente.

Leí también que los mosquitos se volvieron una plaga frecuentemente letal en casi todo el país. Reparten dengue, zika y la chikungunya, la más difícil de pronunciar. ¿Qué te puedo contar que no sepas ya? Aún recuerdo cuando tuviste dengue. Me lo contaste también por teléfono. Acababas de visitar tu ciudad, en el verano de 2019 y tuviste fiebre, mucho dolor de cabeza y de ojos, debilidad y sarpullido. Ya el dengue solía ser peligroso en aquel tiempo, cuando causaba hemorragias. Lo último que supe del norte es que estos virus te pueden atacar varias veces al año y los medicamentos, como muchas otras cosas "fáciles" escasearon. Entonces, después de varios contagios, tus defensas colapsan, como casi todo lo que nos rodea: los medicamentos, la mente, la esperanza.

Y después la guerra: la desolación en Europa del este y el Efecto Dominó en el resto del mundo con la pobreza, la inflación y, sobre todo, la violencia. En casi todo tuviste razón cuando vaticinaste la crudeza de los años siguientes.

¿Recuerdas que, en mi tierra patria, desde hace algunos años, aumentaron los suicidios? A raíz del Covid se dispararon los números. Es común ver en las calles a la gente en espera de un coche o de un autobús a toda velocidad. Los peatones persiguen a los automóviles solo para morir. Conducir implica que atropellarás una cantidad considerable de transeúntes. Una procesión de autos golpeados o con rastros de sangre desfila frente a mi puerta. Los perros callejeros esperan pacientes en las aceras, por una mano, un brazo o una pierna, según el tamaño del animal. Podrías imaginar que la calle, además de tener polvo, es una carnicería, pero dentro de este caos existe un orden, los cuerpos desmembrados no duran mucho a la vista. Existen brigadas que se llevan lo que queda de los muertos. Los brigadistas saben que los animales sin hogar también tienen derecho a comer. Los cuerpos alcanzan tanto para funerales como para servir de alimento. Los vecinos barren y lavan las entradas de sus casas y un olor a Cloralex y Pinol se entremezcla con la sangre.

Una ráfaga de disparos se escucha en medio de la tarde. Los primeros días caímos en el recuerdo amargo de las balaceras entre cárteles o grupos delictivos más anónimos. La gente se tiraba al suelo e incluso, varios vecinos pensaron hacer barricadas en las entradas de sus hogares. Pero no eran enfrentamientos, al menos no los de antes, esos que bien conocimos, no. Los disparos eran para la gente decidida a no dejarse sorprender ni por el caos, ni por el azar. Personas que toman las riendas de su propio fin.

En la tibieza de la noche, las defunciones suelen ser silenciosas. En estos tiempos ya casi nadie piensa en los demás. Un gesto de humanidad aún nos separa de lo que nos han enseñado que es la barbarie. Entre las causas de los decesos nocturnos figuran: colgarse, dejar el gas escapando de la estufa o conectar el tubo de escape del auto hasta la cabina del conductor con la consigna de morir asfixiado. Algunas maneras se han vuelto populares y la moda en cada colonia varía, dependiendo de ciertos factores como el calor, los temblores, la hambruna o el fuego. Esa es la nueva identidad compartida en cada fraccionamiento de la ciudad.

Hay tantas formas de morir como versos han poblado los siglos.

Querrás saber qué sucedió en el colegio donde impartía clases: los diferentes niveles se quedaron vacíos. Muchas familias entraron en pánico y se fueron del país con dirección al norte –dicen, muy al norte–, donde el sol tiene poco poder de matar. Se acabó ese trabajo y la verdad no lo lamenté, excepto cuando miré con un largo suspiro los libros que donaron mis estudiantes. Entonces supe que la muerte nos había alcanzado a todos: a Dostoievski, a Poe, a Cortázar, a Paz, a García Márquez, a Melville, a Homero. Ya nadie se enteraría de que Odiseo había podido regresar a su Ítaca, a los brazos de Penélope, a la última mirada de Argos, a la juventud en los ojos de Telémaco.

Mi barco, rodeado de polvo, no me llevaría a la casa de mi infancia, ni a los brazos más amados.

II

Cuando las ciudades quedaron vacías y los mares se habían apoderado de suficientes pueblos e islas, el agua se empezó a evaporar a una velocidad vertiginosa. Los días habían empezado a cambiar: la luz era dos veces más brillante, el polvo era dos veces más seco y una comezón que empezó en el cuerpo se volvió el síntoma más notable de que habías contraído la enfermedad. Todos los padecimientos se derivaban del polvo y del sol. Comenzaba una picazón desesperada y la gente se rascaba con las uñas, luego con tenedores, algunos con cuchillos, con lija, con lo que se encontraban a la mano, y la sangre brotaba, al principio en pequeños hilos, luego en chorros contundentes. Era como una especie de lepra moderna, de tanto rascarse la piel empezó a caerse o a infectarse. Podías encontrarte pedazos de piel en los autobuses urbanos, en los taxis, en los restaurantes, en las escuelas, en las oficinas de gobierno y en las tiendas. Éramos los descarnados. Lo digo porque perdí la mitad del pulgar derecho. Había que cubrirse las heridas y al mismo tiempo, ventilar los tejidos y cuidar que la luz solar no terminara de calcinar las pieles laceradas.

Los días se empezaron a alargar y las noches se achicaron, no sé si en todos lados, no sé si anochece más tarde allá dondequiera que te encuentres. Lo que sí puedo asegurar es que el sueño escapa de las luces. Un tiempo, muy poco, nos dio por dormir solo cuatro horas porque las otras cuatro estaban iluminadas como si fuera apenas la tarde. Pasados unos meses, éramos una sociedad enferma de sueño y tuvimos que sellar las ventanas para poder descansar.

Solo que, a las aves, a las mariposas, a los animales y a las plantas no se les puede engañar, ni poner cortinas. A mí me mataba de tristeza ver las banquetas tapizadas de muerte. Entonces me encerré un tiempo en mi casa, a esperar. Y las horas de oscuridad que nos habían robado, volvieron así nada más. Supimos que las cosas podían volver a empeorar, en poco tiempo y que esa era la tendencia.

A unos los mató el hambre, a otros el polvo, a otros el calor, a otros el fuego, a otros las lluvias, a otros los océanos. Te preguntarás, entonces, qué es lo que hago ahora. Sabes bien que la cantidad de agua en los mares aumentó y sepultó ciudades costeras. Y justo ahí –en el Pacífico– algunas empresas, buscando rescatar los últimos vestigios de flora y fauna, se dedicaron a ello, como antes a las campañas de marketing, a la compra-venta y al consumo ya casi inexistente.

No es difícil. A lo mejor ya estén reclutando personas en el Golfo, cerca de donde vivías. Solo tienes que saber nadar, llenas unos formularios en un dispositivo electrónico y te inyectan un chip en el cuello, así como si estuvieras en un capítulo de *Black Mirror*. Pero no creas que es para rescatarte en caso de que te extravíes, o para salvarte cuando te arrastren las corrientes o te ataque un tiburón, en realidad es para recuperar el equipo que te entregan cuando te contratan: un traje de buceo, un visor, un tubo respirador, unas aletas, un cinturón de lastre, una botella (con aire), un chaleco hidrostático, un reloj y otros accesorios como cuchillos, linterna, brújula, carrete y hasta un pizarrón (te sorprendería lo importante que ahora es escribir para comunicarte con los demás).

Al principio de esta carta te hablaba de la rutina. El trabajo comienza a las siete de la mañana, igual que cuando iba al colegio. También hay un reloj checador en un muelle y sólo tienes cinco minutos de tolerancia. Tres retardos equivalen a un día que descuentan de tu paga. Me preguntarás cuánto gano y yo te contestaré que el dinero se volvió obsoleto. El salario, como tal, son víveres. Así que varios descuentos, pueden obligarte a comer frijoles enlatados casi toda la quincena. Es aquí donde me felicitas porque en dos años no me han descontado ni una sola vez.

Cuando llegas por la mañana y checas tu entrada, te pones el traje, revisas el equipo y te subes a una lancha. Conforme marchan los días, nos alejamos también en la distancia; cada vez nos llevan más lejos. La lancha se detiene y el capitán se despide de nosotros, esa es la señal de que nos recogerá a las siete de la tarde. Lo sabemos bien.

Son jornadas extenuantes. Con el agua por todos lados, tienes la sensación de no avanzar, de moverte lento. Despliegas un contenedor y comienzas a recoger basura. El contenedor está hecho de un material especial y se cierra en automático, de ese modo los deshechos no vuelven a salir.

Y, cuando se termine el combustible, ¿las máquinas también dejarán de existir? Difícilmente llegaremos al corazón de los mares. Habrá que remar y será poco probable asomarnos al abismo. No importa, realmente, pues el vacío ya lo llevamos dentro.

Los primeros días me sentí bien, la natación es un buen deporte, pero *aquí no es así*. Podrías imaginar que en la inmensidad del mar hay algo parecido a la libertad, pero eso es una mentira. Nadar todo el día en busca de basura te cansa como no puedes imaginarlo. Sin embargo, lo más duro es el silencio de doce horas continuas, ése sí es el que te abruma, el que nos reduce a la nada. Mientras haces una tarea, a veces, mecánicamente, impulsado por las piernas, estiras una mano, con la otra abres el contenedor, guardas el deshecho y repites. Los pensamientos se convierten en pesadillas diurnas. Doce horas consecutivas de ideas, de diálogos interminables, de recuerdos y escenarios en los que no sabíamos que quizá éramos menos infelices y creíamos que el futuro podía ser amable. Me desquicia estar conmigo tanto tiempo.

Este trabajo, por supuesto, no es para alguien que sobrelleva ataques continuos de ansiedad o de pánico. Si terminas la cantidad de aire en la botella corres el riesgo de morir porque la lancha aparecerá hasta las siete de la tarde, pero jamás antes, puntual. ¿Qué si he visto a alguien con una crisis bajo el agua? Montones de veces. La primera vez, me aparté para no estorbar. El líder de nuestro equipo se acercó y colocó sus manos alrededor del rostro de una chica, Emma —se llamaba—, intentó calmarla con señas, tomó sus manos entre las suyas, pero su mente la engañó y el pánico fue quien terminó tragándosela. Andrés, el jefe de nuestro equipo, amarró el cuerpo de la chica al suyo para poder entregar el traje, el equipo, los accesorios y el contenedor. En fin, todo lo que le pertenecía a la compañía.

¿Qué hacen con los cuerpos? Si te mueres en el agua, el mar te reclama y otros se alimentan de tus despojos, así se completa el ciclo como ocurre en la tierra. Tal vez en el mar hay menos desperdicios y los que hay fueron producidos por la vida desenfrenada en la parte de arriba. Firmamos una responsiva cuando nos dan el contrato. De cualquier modo, no hay quien nos reclame, somos, también, *los olvidados*.

El cuerpo de Emma, desposeído de vestiduras, se fue hundiendo en las fauces del océano. Me quedé inmóvil unos instantes, preguntándome si aquella muerte me aguardaba también. Daba lo mismo. El único significado de tiempo era recoger basura.

Es probable que pienses que la violencia de los cárteles ha terminado porque nos encontramos lejos de sus armas, de su ignorancia o de su maldad, pero no es así. Esos grupos ahora operan desde el mar, en submarinos, en buques, en cruceros, y es mejor no encontrárselos en las profundidades. Lo mejor es huir de sus persecuciones o enfrentamientos marítimos.

Desde ese antes que recuerdas hoy que desconoces, nadie reparará en ti si te han herido, ni te ayudarán porque los problemas sobran y lo que menos quiere la gente es enemistarse con la delincuencia. Lo digo porque en el mar no siempre hay donde esconderse. La empresa que nos contrató está al tanto y por esa razón los trajes de neopreno cuentan con fibras inteligentes que impiden que tu temperatura corporal sea detectada. Además, también pueden cambiar de color, somos camaleones marinos y así permanecemos, la mayoría de las veces, fuera del radar de los narcotraficantes, de la policía municipal o estatal, de la marina, de la guardia nacional, entre otras tantas amenazas.

III

En invierno, imagino que me encuentro en aquel barco que se impactó contra un enorme iceberg (de esos que existieron hasta hace algunos años). Es el barco que se hunde y que nos arrastra al fondo, me siento condenada al frío y a la muerte inequívoca. El agua está helada: si te detienes a descansar, los miembros se vuelven más pesados y el frío punzante te ataca en forma de diminutos puñales. La tecnología todavía no ha revolucionado al grado de que los trajes nos protejan de las temperaturas inclementes. Podría afirmar que, en esos meses de bajas temperaturas, es preciso que no dejes de moverte, por lo que terminas más exhausto que en verano. Lo único que ruegas es que las horas se deslicen y traigan la lancha de regreso.

¿Que dónde dormimos? Cada equipo comparte un departamento cerca de la costa. Somos ocho personas, cinco mujeres y tres hombres. En total son cuatro habitaciones con una litera en cada una. Mi compañera de cuarto se llama Selene, a veces no le para la boca y se descose e intento seguir el hilo de la conversación, pero me pierde. Ya me conoce, sabe que no es personal, que mi mente siempre está en otro lado, en otro tiempo o en el recuerdo de los rostros de quienes ya no me acompañan. Yo duermo en la cama de abajo, no vayas a pensar que me caí alguna vez. Pegué unas estrellas fosforescentes en la base de la cama de mi compañera, me recuerda a la última habitación que tuve en tierra. Tengo un sueño recurrente, líquido: hay una medusa —siempre es la misma— que duerme en mi garganta y me come la voz mientras duermo. Hace tiempo que la sueño y que la siento, incluso, cuando estoy despierta, en el agua, durante las jornadas de trabajo.

Como pasamos doce horas en el mar, por las noches, la cama parece flotar: las sábanas son olas que te arrastran al mundo del sueño donde volar se ha vuelto normal. Echo de menos la sensación de firmeza. Caminar se está volviendo cada vez más difícil y tropiezo fácilmente. Al menos la fascitis plantar desapareció. Poco a poco quizá desaparezcan mis pies.

¿Sabes?, de algún modo, creo que vuelvo al origen de donde salieron los primeros seres para adaptarse a la vida terrestre. Así me he sentido en los últimos dos años. Aunque todavía no escucho que me llame el profundo azul. Las ballenas siguen cantando en mi cabeza. En todo este tiempo no me he topado a ninguna, y si llegara a pasar, creo que se me pararía el corazón. Tú sabes cuánto terror me provoca su majestuosidad. Mis compañeros dicen que sí las han podido escuchar, pero yo, que trabajo con música, sólo tengo en la cabeza la misma *playlist*, esa que estoy segura tú también la recuerdas.

En el grupo, soy quien menos habla. Cada noche, la medusa que sueño se apodera de mi voz otro tanto. La gente quiere saber cómo era el lugar donde estabas antes de la catástrofe, qué hacías, qué era normal cuando ibas a la universidad, cuál fue tu primer o tu mejor trabajo, si tenías familia, si tenías sueños. Y las respuestas que podría dar se me agolpan en la garganta; las palabras me rompen y no sabría cómo volver a unir mis pedazos. El agua en la que paso la mitad del día se ha filtrado en mi cuerpo. Tal vez por eso la sensación de hundirme ya es habitual.

Muchas personas se han acostumbrado al caos, a las pérdidas. Te cuentan sus tragedias plagadas de detalles que no dejan cabida al dolor ajeno o a la empatía. Desde luego que es un mecanismo de defensa que yo no juzgo.

IV

¿Recuerdas que solía cocinar cuando éramos compañeros de casa y que podía hacer un desayuno para tres personas con menos de treinta pesos, allá en el 2013? Ahora se encargan Violeta y Miguel. Tienen mucha creatividad en la cocina y normalmente juntamos nuestras provisiones para hacer una comida comunitaria, en la que ahorramos tiempo y recursos. Extraño las frutas de temporada: desaparecieron los plátanos, los mangos, las uvas, las sandías, los duraznos y la lista es extensa. Cuando piensas que siempre estarán ahí, la escasez se sufre con más intensidad.

En las ciudades afectadas por el sol o los incendios, algunos recursos se agotaron o se volvieron difíciles de conseguir, justo como el agua. Nos habían racionado el uso a medio litro para beber y quince litros para la higiene personal. Con estas medidas, mucha gente dejó de bañarse a diario, lo que, aunado al hedor, causó una propagación más agresiva de las enfermedades.

Ahora, con las tecnologías ambientales, tenemos una máquina que convierte el agua de mar en agua potable. Tenemos tanta agua que ya no sabemos qué hacer con ella. Malgastarla, por supuesto, no es una opción. Se utiliza para cultivar con métodos hidropónicos porque la tierra seca todo lo que se siembra directamente en ella. Nos rechaza de tantas formas que, muchas veces, me sorprende que sigamos aquí.

El calor aumentó drásticamente en las ciudades: cuatro grados en el centro y en algunas ciudades del norte del país. Diez grados en los desiertos de esta región. En el sur, leí que los noticieros anunciaron un incremento de siete grados. No puedo imaginar cómo hacen para vivir allí.

¿Recuerdas aquel documental en el que hipotéticamente se planteaba que los humanos desaparecían por completo? Los automóviles tardaban en apagarse en las calles, las mascotas morían de hambre en las casas, los reactores nucleares estallaban y de nuevo la radiación invadía kilómetros de territorio. De algún modo, supongo que todo eso se cumplió. Lo supe mientras caminaba con un paraguas resistente y con bastante bloqueador en la piel. Tres personas cayeron fulminadas en la banqueta y un presentimiento se apoderó de la gente que deambulaba por ahí. Algunos se bajaron de sus coches, dejándolos encendidos, luego los vi correr hasta que mi vista ya no pudo distinguirlos.

Es verdad que el agua de los mares también ha elevado su temperatura, pero no nos ha impedido trabajar. El sol que calcina la vida en la tierra esparce sus rayos y apenas ilumina las aguas insondables. Es una cuestión de tiempo para que el mar arda con o sin nosotros en sus entrañas. No habrá adónde más ir.

Me duermo pensando en ese día y en que esta carta llegue a ti de alguna forma. Tu silencio de dos años me ha hecho imaginar tantos posibles escenarios en los que huyes, solo o acompañado, te enfrentas a unos, defiendes a otros, ayudas a desvalidos, salvas animales, lloras por los caídos, por tu familia, por la mía, por tus animales, por los míos. Lloramos por esa casa de madera en el campo, cerca de un arroyo donde jugaban a la orilla nuestros perros y gatos mordisqueando la hierba, distraídos por mariposas y pájaros que vienen del sur. Nos tiramos en la hierba y nos reímos de las clases de Traductología, donde por cada segundo que avanzaba, el tiempo retrocedía otros dos mientras nos preguntábamos qué cenaríamos o qué serie íbamos a ver.

Apareció tu llavero, el jaguar que había desaparecido en la cabaña grande y eso significa que cada vez te encuentras más lejos. Siempre recuerdo aquel examen de la clase de Habilidades del Pensamiento Crítico y Creativo, en el que, por más prisa que me di en contestar, al salir ya no te alcancé y te busqué en el pasillo, en las escaleras, en la explanada de la facultad, pero ya no pude encontrarte. En ese día se han convertido todos y cada uno de mis días.

Celo

Irasema Corpus

"A tu abuela la están velando a unas cuadras de aquí", te indica una voz que nace cerca de tus rodillas; "puedo olerla".

Te quedas callada. Repasas tus facciones sobre la pantalla de un celular apagado. Observas con preocupación el contorno de tus mejillas grises y el de los vellos que las hacen lucir como duraznos descompuestos. Te rascas el pecho y el rostro, pero tus uñas topan con tus huesos porque eres flaca, Antonia, muy flaca, y dos cunas moradas te sostienen los ojos.

"Te ves justo como a tu mamá no le gusta", agrega la voz de abajo, pero esta vez con tono burlón. Es Furia, tu perra *bull terrier* que, además de percibir el cuerpo tendido de tu abuela a unas cuadras, parece leerte la mente.

Cepillas tu fleco con los dedos, nerviosa, esperando que ese acto repare todo lo que no pudiste arreglar con maquillaje. Furia te contempla estirando su cuello blanco, moviendo la cola y dejando caer un poco de baba sobre la banqueta. "Mucho mejor", te dice, y una vez más te arrepientes de haber bautizado con semejante nombre a una perra tan dulce y buena. Le acaricias la cabeza, le dices "anda" y la perra camina contigo y te dice "ya voy, ya voy". Aunque luego parece mandarte: "Vuelta aquí, Antonia, sobre Golondrinas. Iremos todo derecho" y tú obedeces. Furia no despega el hocico del asfalto, supones que busca orina vieja que le indique el camino que, sin embargo, tú conoces bien. Te desvías.

"¿Qué haces?", te pregunta gruñendo. "Es más fácil girar aquí, Furia, por Monterrosa", le contestas, "y cortaremos camino para llegar a la avenida". Furia se lame el hocico. "Pero, Antonia, un par de casas hacia arriba está la tienda de flores", te dice. Mueves la cabeza repetidas veces, como diciendo: "no, no y no". "¡Anda, Antonia!", te insiste dejando en descubierto su lado más imperativo, mostrándote los dientes, "¡entra a la tienda y compra unas flores!". Tú sigues moviendo la cabeza, dices "no", en bajito. "¡Era tu abuela, infeliz! ¡Compra unas flores!". No le contestas, sólo te empiezas a rascar con desespero. "Ay, Antonia, ya te empezó la comezón. Espero que no pienses que te pegué las pulgas. Ven, sígueme".

Caminan hacia la tienda, pero no compran las flores. El dueño del negocio le chifló a su hijo pequeño para que entrara a la tienda en cuanto te vio doblando la esquina, discutiendo con tu perra. Te sigue con su mirada recelosa conforme te alejas de su florería. Supones que es por Furia, pues a muchos no les gustan los *bull terrier* y, mucho menos, si son hembras. "Las hembras". Eso te dijo tu abuela desde que eras niña, que no le gustaban las hembras por celosas, peleoneras y porque cada cierto tiempo les llegaba el celo y andaban de calenturientas manchando los patios con sangre, atrayendo a los perros callejeros. Tu mamá siempre le dio la razón. Por eso, la primera vez que llegaste a casa de madrugada, oliendo a cerveza, a cigarro y a quién sabe cuántas cosas que tu novio te hizo tomar, tu abuela, que ya te esperaba asomada en la ventana, te recibió jalándote del pelo, diciéndote: "perra, perrucha de la calle, calenturienta", y te dijo que a las perras de los ranchos les pegaban con palos de escoba en la barriga, para que ni se les antojara irse a aparear como pendejas. "¡Así como tú!", gritaba la abuela, mientras tu mamá le sacaba el cabezal a un trapeador de plástico.

"Caminamos más de lo debido y ni siquiera compramos las flores", te reclama Furia. Su sentencia te hace sentir inútil y estúpida, "ahora sí, sigamos por toda la avenida: ¡puedo olerla, en verdad puedo olerla!".

Lo que sigue es tu sombra, Antonia, escuálida, tambaleante. Tu andar parece salido de una historia de ultratumba. Te dibujas en los muros de las casas y en los ojos de los perros atrapados en portones y azoteas. Le gruñen a Furia y tú arremetes contra ellos. Les dices: "¡Dejen en paz a mi perra!", y una anciana, que barre las hojas frente a su casa, te calla, te dice loca, malviviente y te espanta con su escoba hasta hacerte bajar de la banqueta. Su banqueta. También espanta a Furia que, en cuclillas, se había preparado para rociar la jardinera de la anciana con su orina caliente, o con lo que saliera. Pero no puede. Ambas continúan por la orilla de la calle. Encuentran en cada coche estacionado un reto, un bulto duro que rodear, y esquivan torpemente a los coches que, a toda velocidad, hacen retumbar el rabo que Furia lleva doblado entre las patas, o te alborotan el cabello, Antonia, tan delgado y reseco, como el de una muñeca vieja. ¿Qué le pasó a tu coleta gruesa y brillante? ¿A esa piel humectada y rosa que inyectaste por primera vez en una de tantas fiestas? Cuéntate las marcas del brazo, anda, nunca metes la aguja en el mismo lugar.

"Camina, rápido, camina", te pide Furia entre gemidos. El calor del pavimento ya le quema las patas y por eso apresuras el paso. Te mueves observando los colores del cielo, las manchas del lomo de Furia que le bailan encima, o las pulgas horrendas que se le escapan para aterrizar en tu cara. Te enojas con tu perra, te rascas, pero también quieres llegar al velorio, aunque no hayas tenido el detalle de comprar unas flores o de verte bonita o de ponerte mangas largas como te pidió tu mamá.

El sudor te ha corrido el maquillaje barato; es tarde para corregirlo. Tu madre ya te espera en la puerta. Por un momento crees ver a tu abuela asomada en la ventana de su casa, diciéndote: "puta, puta en celo", bajo una luz de madrugada. Pero no, es tu mamá, y Furia le mueve la cola. Desde que la adoptaste no la quieren ni un poquito, pero Furia, como siempre, hace como que las quiere.

—¡¿Por qué chingados te trajiste al animal?! ¡Mira nada más cómo vienes! —te dice, mientras sujeta tu barbilla y acerca sus ojos a los tuyos. Tus pupilas dilatadas le retuercen el rostro de espanto, también las costras levantadas y las marcas de tu frente y mejillas. Tu brazo al descubierto, agujerado cien veces.

—¡Cómo vienes así, Antonia! —reclama y te suelta la barbilla con fuerza, como queriendo estrellar tu cabeza en un muro imaginario—. ¡Es tu abuela, tu abuela! ¡¿No te pudiste aguantar?!

Tu madre llora frente a varios desconocidos de expresión triste y ropas oscuras. Buscas a Furia porque quieres que te diga algo, lo que sea, pero ya no está: acaba de cruzar la puerta y restriega sus patas en el azulejo frío, blanco como ella. Conforme tú la sigues, tu madre te sigue a ti, gritando, diciendo que traigas a ese animal que ha recorrido medio pasillo. Unos cuantos se asustan, "¡un perro!", "¡de esos que son bravos!", dicen. Ninguno es capaz de tomarla de la correa. Entra a un cuarto, al más concurrido. Tu perra se te pierde entre las piernas de extraños, entre ancianas llorando en sofás de piel. Las manchas del lomo de Furia le siguen bailando, sus pulgas te siguen comiendo la cara. Te rascas. Hay una caja de madera rodeada por velas en el fondo de la habitación y Furia le gruñe, mientras chorritos de sangre le salen por debajo de la cola y éstos se vuelven gotas espesas que dibujan un camino pegajoso hasta llegar a esa caja que parece brillar. Tu madre te toma del brazo, Antonia, como si quisiera romperlo. Te ríes. Furia no dice nada y sientes que esa risa hará que los intestinos se te salgan por la boca, o por la nariz: todo está removido adentro. En medio de la risa y de los ojos hinchados que te juzgan, tratas de llegar al oído de tu madre, pues sólo quieres decirle, en voz muy baja, que la abuela se va a enojar, y mucho.

Acuérdate de Acapulco

Marionn Zavala

a Rafael, para sus ojos cansados

No.

No recuerdo.

Fíjese que no sé, no me acuerdo bien. Apenas preguntarle a mi esposa porque ella sabe mejor que yo.

A Tina le gusta buscar conchitas a la orilla del mar. Lo hace a veces, por la tarde, sí, un día me lo dijo, sí, me lo dijo ella, Tina.

¿Tina? Tina es una muchachita muy linda. Se arruinó la piel con esas cosas feas que se hizo en los brazos. No, no heridas, tatuajes. Dibujos feos de gente fea, agh, que quién sabe por qué quiso que le pusieran esas cosas, pero, así es Tina, le gusta llevarme la contra.

No. A Tina no le gusta la barbacoa, ni el menudo, no come esas cosas. Pues que yo recuerde le gusta mucho el café, el pan, las tortillas tampoco las come y, unas cosas que sí nos decía de acá, pozole, creo, es que allá no se come mucho, pero acá ella decía que sí y, bueno, si a ella le gusta está bien porque le digo que para eso hay que vivir, para disfrutar, para conocer, para sentirse a gusto, pues. Es que así es Tina, le gusta mucho comer, a mija.

Pues Tina no es güerita, ni morenita, es aperlada, blanquita, normal, sí, normal. No, no es muy alta, mija nunca lo fue. Ni en la primaria, yo me acuerdo, era de las chaparritas, aunque, no tanto, yo diría. Altura promedio sí, ándele, yo diría, sí, promedio. Aunque... bueno, Tina siempre ha sido muy buena estudiante, muchachita de cienes, sí. Le gusta mucho la escuela, leer, esas cosas, sí. Tina siempre ha sido muy buena para la escuela, sí.

¿La última vez que qué?, ¿Qué la vimos? Ah, ah, pues sí, le digo, fue ayer, sí, ayer fuimos con ella a desayunar, en el malecón, sí. ¿No? Ah, bueno, pues no me acuerdo bien, ¿fue la semana pasada?, ¿hace tres semanas? No. No me acuerdo... es que Tina es la que me habla, sí, ella me marca. Sí, sí, por teléfono, sí, me marca. Cada tres, cuatro días, nos hablamos un buen rato, sí. Pues... nos cuenta que cómo le va en sus clases. Es que a Tina siempre le ha gustado mucho la escuela, sí.

¿Qué? ¿De qué? Ah, ¡ah sí! ¿De la escuela? Ah, pues, hablábamos muchas cosas, sí. ¿De qué? Ah, pues... que cómo le iba en la escuela, sí, los maestros, de sus compañeros, las compañeritas, sí. Pues... 'ora verá... qué decía... qué decía... ¡Ah! Pues, decía del mar, sí. Una vez me mandó una foto, mire, mírela, aquí está, sí. ¿Ya la vio? Esa blusa yo se la regalé, sí. Se la traje de McAllen, sí. Pues fue de una vez que vine, ya tiene. Se la traje envuelta en un papel estraza, sí, y con una bolsa, de esas de plástico, sí. Cuando se la compré, la muchacha que me atendió, una muy flaquita, me dijo que, si la quería envuelta para regalo y yo le dije que sí, porque a Tina le gustan mucho esas blusas sí, y chaquetitas y playeritas así, con grabados y dibujitos... aunque no los que tiene en sus brazos, no, esos no, porque no me gustan. Cuando se los hizo yo la regañé porque le dije: no, hija, ¿cómo crees que te van a dar trabajo así? Y sí, es que ella estaba ya trabajando de maestra, sí, eso me dijo. Pues me mandaba fotos, a veces. Una vez me mandó una foto de su salón. Sin los estudiantes, claro, porque Tina es muy respetuosa, sí, muy respetuosa de no meterse en problemas de esos de que, ahora dicen, ¿verdad? De que los papás o, los mismos muchachitos, ya ve que ahora no se dejan, no se dejan, y yo digo que está bien, que no se dejen porque eso de que les anden haciendo maldades pues no está bien, no está bien. Hombre o mujer, lo que sea, no está bien, sí, eso de las maldades. Gente sinquehacer, yo le digo a Tina, que no haga caso. Le digo: no, mija, no está bien eso, usted no caiga en eso porque luego la gente se mete en muchos problemas y Tina no es así, no. Tina es tranquila.

Aunque pesadita a veces, sí.

Pues de carácter, me refiero. Sí, de carácter, pero... pero... eso lo sacó de la mamá, eh, no vaya a usted a pensar... no, no, yo soy muy tranquilo. Tina no. Tina es brava, sí. Cuando se enoja es brava, sí.

Sí, así era la mamá, pero ya la eché a la basura... ¡ja, ja! No, no se crea. No, ahí sí le miento, pues... la verdad no me acuerdo cuándo vi la última vez a la mamá, pues... no sé. Estaba Tina más chiquita, sí, más chica, mija, sí.

Pues a mí no me gusta recordar eso, no, ¿pa qué? Como le digo a Tina: no, hija, usted mire siempre para delante. Que si el otro fue, que si vino, que si se enojó, que si no, usted ignore y siga. Y así le ha hecho mija, sí. Por eso ella se vino para acá, sí.

¿Qué? ¿De la mamá?

Pues se enojó, la viejilla fea esa. Sí, un día. Se enojó y se fue. Pues me quedé con Tina, pero, luego le digo que ella se vino para acá y pues ya yo me quedé ahí en la casa. Sí, yo vengo y veo a Tina, sí. Pero le digo: llegué. Llegué ahí, a la central, sí, porque esas cosas de los aviones a mí no me gustan. Sí, dice Tina que llegas más rápido, que no sé qué, pero no, no. Yo prefiero mi autobús y mire, me eché un sueñito en el camino, me desperté y me eché un pan, ¿eh? Todo tranquilo, sin novedad, relajado, sí.

¿Por qué?

¿Qué le decía?

¡Ah, sí, sí! Perdón, ¡ja, ja! Sí, le estaba diciendo, llegué, yo llegué, porque le digo que me vengo yo solo, así, solito, en el autobús, sí. Lo tomo ahí en la central y me deja acá, cómodo. Entonces llegué, como le digo, y pues no, Tina no estaba, no. La estuve esperando ahí, un rato, donde pasa para recogerme, pero no la encontré. Ahí se me hizo raro porque Tina es muy puntual. A Tina no le gusta eso de andar llegando tarde, no. No es de esas, mija.

Pues fui, me eché unos tacos que, de canasta, me dijo una señora, pero a mí me saben igual que los de a vapor, de allá, sí. Bueno, los guisos un poco distintos... hay diferencias, sí, hay diferencias, pero pues ahí, le digo, comí, me eché una Coca, me senté ahí a platicar con un señor que me dijo que también estaba esperando a su hija, nomás que su hija sí tiene hijos, sí. ¡Uy! Un montón. Tina no. No, no, no, Tina, no. A Tina su escuela, sus clases, sus maestros. Que si los animalitos esos del mar, que si las conferencias, todo, todo eso le gusta a mija, pero a la hija del señor le digo que no. Pues dijo que su hija no quiso estudiar. Le dije: ¿a poco?, ¡cómo! Le dije. Si mi Tina sí salió muy buena para todo eso de la escuela, sí. Nomás que allá, de donde somos, pos usted sabe bien que no hay mar, no, ¿de dónde? No hay, no tenemos. Ya ve, la presa, porque tenemos dos, pero, la más grande, la grande, ándele, sí, esa, la grande, pues ya está seca, ya casi no tenemos agua. No, no hay. Y mire, a Tina le molestaba eso, sí, cuando llovía, sí. Me decía: nombre, apá...

Es que así le gusta decirme a ella, sí, apá, me dice, o pa, sí, así. Me dijo... sí, me dijo...

¡Ah, ya! Me dijo: nombre, apá, qué gordo me cae que llueva, me decía, sí. Y yo le decía: no, hija, al contrario. Mire, mire esas nubes, esas, sí. Grandotas, grises, negras, así, grandotas, esas son las buenas porque traen lluvia, sí, traen agua. ¡Y la necesitamos! Mire, ya ve, cuánta gente ahorita anda batallando por el agua, ¡y nosotros también! Sí, también. Allá en la casa yo tuve que comprar un tinaco, compramos uno. Pues *Rotoplas* no, porque mire, bien caros ya que están y no sirven ya de mucho, entonces pues no… compré ahí, uno, más o menos. Pues que sirva, ándele, sí, que sirva.

Pues ya… lo compré, lo instalé… bueno, le dije a un señor, sí. Ahí en el barrio, sí, cerca de la casa, ahí, un señor, sí. Ahí le dije y lo contraté. Ahí le pagué, creo que quinientos pesos y lo instaló. Y mire, ¡qué chulada! Ya cuando faltaba el agua, pos nomás le abría yo, y ya, salía muy bien, sí.

¿Mande?

¿De qué?

¡Ah, sí! Sí, sí, disculpe. Pues sí, le decía, por eso Tina se vino para acá, sí. No, pues, cuando me dijo que quería estudiar el mar, me dijo así. Me dijo: mire, pa, acá no está lo que yo necesito. Tengo que irme a estudiar… acá, sí, me dijo. Allá tienen becas y hay muchas escuelas donde ven eso y yo quiero ser maestra y allá sí puedo dar clases del mar.

Y mire… mire…

A mí me dolió, sí. Pero, a ver, ¿qué quería que le dijera? ¿Qué no? ¡Pues no! Le dije: usted échele chingazos, mija, porque si aquí no está lo que usted quiere, pues, ¿para qué se queda? Y por eso se fue. Digo, se vino, sí, para acá. Es que a Tina desde muy chica le gustó el mar.

Sí. Le gusta mucho el mar, a mija.

Cuando recién llegó acá nos marcó, a su mamá y a mí, sí. Estaba riéndose. Nos mandó un video, al aparato ese, sí, ándele, al celular, sí. Y nos enseñó el mar, y nos dijo: mire, mamá, mire, papá, qué bonitas se ven las olas. Y mi esposa y yo vimos cómo las olas chocaban en el barquito donde iba mija, sí. Mire, las olas se rompían así, así mire, una detrás de otra, como palomillas blancas. Sí, la espuma.

Dice Tina que esa es la sal, sí, es la sal.

Y las olas que chocaban con el barquito y yo le gritaba, sí, porque le grité por ahí, en la videollamada, por el guasap, le dije: ¡cuídate, hija! ¡Cuídate! Porque... ya ve que el mar es muy peligroso, sí... traicionero...

Bueno, traicionero no. Cambiante. Sí, ándele, eso. Cambiante. Al mar hay que tenerle respeto, sí, mucho respeto. Y Tina respeta mucho el mar. Le gusta.

Yo me acuerdo de que ahí cuando era niña, sus hermanos, mi esposa y yo, nos íbamos. No hasta acá, no. Hasta acá no, está muy lejos. Nos íbamos ahí, a Tampico, ahí, a Playa Bagdad. Ándele, esa. De ahí, en la laguna de San Fernando, ahí íbamos, también, mi esposa y yo. Comprábamos mariscos.

Pues que filete, que camarones, que pulpo... pero, más, más, camarones, sí. ¡Uy! Muy sabrosos los camarones de ahí, sí, muy sabrosos. A veces nos íbamos temprano y llegábamos allá, ya por la tardecita, ya anocheciendo, y hasta el otro día íbamos y comprábamos los mariscos, sí. Muy ricos, ¡y a muy buen precio! Sí.

Yo creo que de ahí a mija le gustó el mar.

Tengo una foto, mírela, ahí está ella, la vieja bonita... mi vieja bonita, ¡ja, ja! Es que así le digo yo, a veces.

Bueno, le decía así.

Ya no. No, ya no porque ya está grande y ya no le gusta, no. Ahora mejor nomás le digo Tina. Sí. Que Tina pa allá, que Tina pa acá. Sí, así.

Mírela. Tina no sabe nadar. ¡No, no sabe! Yo también le dije: pero hija, ¿cómo que vas a estarte allá, en el mar, si no sabes nadar? Y me dijo: no, apá, no, no se preocupe que acá me enseñan.

Pues me dijo que acá, que unos buzos o submarinos, no sé. Que el caso es que acá le iban a enseñar. Y yo por eso le dije: ¡cuídate, hija!, ¡cuídate! Porque, ya ve, tan peligroso que está todo, ¿verdad? pero, mírela, ¿ya la vio bien? Tan bonita, la Tina, ¿verdad? Ahí tenía como unos diez o doce años, algo así. Se metía ahí, a la orillita del mar, ¿la ve? Nomás chapoteando, nomás hundiendo las manos en la arena para agarrarse fuerte.

Mírela.

Como si de veras supiera nadar.

Luego una ola la revolcaba. Porque le digo, el mar es canijo, sí. Una ola la revolcó un día, una vez, ahí en Tampico. A mi esposa y a mí se nos hacía que se iba lejos porque vimos cómo una ola grande, pero de esas grandes, grandotas, se la llevó a mija.

Yo corrí, ¡claro que corrí! Me metí rápido al mar, pero no la encontraba. Manoteé, sí, y le gritaba, le grité: ¡Tina!, ¡Valentina!, ¡Hija!, y mire, con mis manos yo sentía que rascaba la arena, sentía que la quería arrancar porque no la veía flotando, no, entonces yo pensaba que a lo mejor mija se había quedado abajo, atrapada, en la arena o qué sé yo, no sé, pero ahí pensaba que estaba. Y me metí más al fondo, me empezó a dar miedo... sí, ¡hasta a mí me empezó a dar miedo, sí! Porque ya no sentía la arena bajo los pies, ¿mi me entiende? Ya no la sentía, no.

Y ahí sí pensé…

Ahí dije…

No, pues… ya no encontraré a mija.

Pero mire, cómo es Dios de bueno que me la devolvió.

En una de esas olas, ya cuando yo empecé a llorar porque sí, oiga, empecé a llorar, pues, ya no veía a mija, a la chiquita, ya no la veía, ni sentía en la arena en los pies, ni manoteando, ni flotando, ¡nada! Empecé a llorar y en una de esas me chocó una ola.

Una ola blanca, grande, espumosa…

Una ola dura, recia… y… y

En esa ola…

Que me arrastró, mire, todavía tengo las marcas, ¿si las ve? Aquí, mire, chéquele, aquí, en mi brazo, en este brazo, el derecho, aquí.

Ahí, abajito de las venas, ahí chocó el bracito de mi Tina.

Me rasguñó poquito, sí. Pero era porque ella tenía miedo. Yo sé que mija sólo tenía miedo.

Yo lo vi en sus ojos porque cuando la abracé, cuando me la acerqué aquí, mire, en el pecho, yo la vi que quería llorar. Pero es que mija se aguantó porque mija así es.

Recia, dura…

Como esa ola que la arrastró primero y que después chocó conmigo, que me la trajo de vuelta, como un regalo envuelto, como la blusa que yo le compré en McAllen y que le pedí a la señorita que me la pusiera en papel estraza.

Así.

Así volvió mija. Envuelta en la espuma de la ola.

Una ola blanca, grande, espumosa…

Una ola dura, recia…

Sí…

Así.

¡Ah! Pues… le digo que me terminé de comer los tacos y ahí la estuve esperando, sí, pero no llegó. Luego, cuando llegó la hija del señor, el que le digo que él sí ya tiene muchos nietos, sí, le dije, le dije: oiga, ¿me ayuda a marcarle a mija? Y es que, mire, yo con estos aparatitos, estas cosas de los celulares yo no lo sé bien, no. La que le sabe es mi esposa, pero… bueno, ya le digo. Entonces la muchacha, la hija de este señor con muchos nietos, ella, pues me ayudó. Buscó el nombre de mija, ahí, en el celular, y le estuvo marcando, sí.

Le marcamos yo creo que unas diez, ocho veces, sí. Pero pues ya, se hizo más noche y me dijo el señor que ya no podían esperar. Me dijo: discúlpeme, oiga, ya nos tenemos que ir. Es que mija dejó a sus hijos ahí en la casa, y están solitos y, ya ve, cómo está todo de feo, pues ya nos tenemos que ir. Y yo le dije al señor que sí, que no se preocupara, pues, que saludara a sus nietos y que la pasara muy bien. Y pues ya, se fue el señor y su hija y yo me quedé ahí.

¿Su casa?

Sí.

Sí, le digo que es esa dirección.

Sí, sí es.

No, señor, no se equivoque. Yo no la escribí. Me la mandó mi hija.

Sí, Tina, mi hija.

Sí, Valentina Garza, sí.

Como yo, ándele

Sí.

Pues, ahí está, mire, bien que ya encontró el mensaje, ¿verdad? Sí, ese es el número de mija, y ahí, en el aparato ese, ahí, donde está usted leyendo, ahí me escribió ella, sí, ella, la dirección. Por eso le dije al taxista que me trajera para acá porque le dije que cómo podía ser, que no. Que ahí vive mija, ahí yo la vine a visitar, sí.

Pues hace dos semanas o tres, ya no me acuerdo.

¡Ah, bueno! Pues sí usted sí sabe y está seguro de que fue hace tres meses, pues entonces es así, ¿no cree? Hace tres meses. ¿Entonces para qué me está preguntando si usted ya lo sabe?, ¿eh? ¿Para qué? Bueno, pues hace tres meses que vine, sí, ahí la fui a ver. Mija tenía llave, sí, del cuarto, sí. También de la entrada, sí. Le picó a unos números y entramos, sí.

Ajá.

Sí.

Sí lo escucho.

Sí le estoy poniendo atención.

No, no se me va a olvidar.

Pues no, ni que estuviera tonto.

Sí, lo escucho.

Sí, pero le digo que eso no puede ser.

Que mija me mandó esa dirección por el aparato ese, sí, la otra vez que vine, y se la pasé al taxista y cuando llegamos allá al taxista le dijeron que eso era un aire no sé qué, un aire en bi, un hotel, pues, y yo le dije que no, que no podía ser porque ahí vive mi hija, mi hija Valentina, la más chiquita, sí, y le digo que salió un señor, ¿no le estoy diciendo? Y el señor me dijo que mija nomás iba ahí de vez en cuando, pero que no vive ahí, que sólo va y se baña, a veces y que sólo duerme ahí cuando voy yo, y yo le dije al señor y le digo a usted que no.

¡Que no!

Que mija trabaja en la Universidad, ¿pues cómo que en cuál? En la de aquí, ¡en la de aquí! Ella les da clases a unos muchachos, sí, de universidad. De ahí sale, en las tardes, y se va a su casa, que es la dirección que ya le pasé, y ahí escribe sus conferencias, y lee y se prepara, ¿ya me entendió?

¡Que sí!

Mija ya sabía que iba a venir a verla, sí. Ya le dije, no me acuerdo cuándo hablé con ella…

A ver… chéquele ahí, aquí, en el aparato ese. Sí, sí, en el celular, sí, tiene que decir…

Ahí léale usted, es que yo ya no le alcanzo…

¡Ándele! Ándele, ¿ya leyó? ¿Verdad que sí fue antier? Por eso le digo, ese no es un hotel. Sepa la chingada quién sea ese señor, pero esa es la casa de mija y no está.

Aja.

Sí.

No, no, no. Mija trabaja en la Universidad. En la de aquí, ¡en la de aquí! Ella les da clases a unos muchachos, sí, de universidad. De ahí sale, en las tardes, y se va a su casa, que es la dirección que ya le pasé, y ahí escribe sus conferencias, y lee y se prepara, ¿ya me entendió?, ¿ya me entendió?

¿Cómo? ¿Qué es qué?

¡Que no, señor! ¡Que no!

Es que ese lugar no es un hotel. Sí, yo vi a más muchachas, ahí, cuando la vine a ver, pero son sus compañeras de cuarto, me dijo, sí. Porque los departamentos y las casas están muy caras, por eso, pobre de mija, pues tuvo que compartir, pero cada quién en su cuarto y bien, todo bien. Ella nunca me dijo que eso fuera un eir-no-sé-qué.

¿Para qué quiere que lo acompañe allá?

¡No!

¡Yo voy a esperar aquí a mi hija!

¡No!

Ya le digo, y le dije a ese otro señor, que Tina es una muchacha delgada. No muy gordita, no muy flaquita. De ojos chiquitos, cafés. Nariz ancha, como la mía, de frente amplia, como su mamá. Cabello negro y cortito, sí; pero mija no es...

¡No!

¡Que no!

¡Mija no es!, ¿sí me entiende? La que tienen ahí, ¡no es! ¿Me entienden?

Valentina no es esa muchacha que dicen que encontraron ayer, atorada en los canales esos que dan hacia el mar, no es cierto, no es ella; no es esa muchacha que vivía en la calle y que les dijeron los vecinos que tenía ya meses viviendo ahí porque era adicta, ya le dije que no, que Tina es maestra de Universidad, que da clases aquí, a unos muchachos y, a esos otros muchachos, sí, esos que dicen estudiaron con ella hasta que se salió de la escuela, no es cierto, no es cierto porque mija sí terminó su escuela, ella nos mostró su diploma, a su mamá y a mí. A mi Tina no la encontraron boca bajo, flotando en el mar, no, no es cierto, ¿me escuchó? ¡No es cierto! Porque cuando la arrastraron las olas, ya le dije, sí le dije, ¿no? ¡Ya le dije! ¡Yo me metí rápido al mar! Y una ola blanca me la trajo y se quedó aquí, pegadita a mí, sobre mi pecho, y yo la abracé, y la saqué de ahí, y le llené de besos su carita y le limpié las lágrimas y los mocos y le dije que no se preocupara, que nunca temiera al mar porque su papá siempre iba a estar ahí, ¡y aquí estoy! ¿Sí me ve?, ¿sí me puede ver? ¿O no? ¡Porque usted no me escucha! ¡No me escuchan! Y yo quiero saber si me pueden ver porque yo los veo a ustedes y ya les digo, les dije, que mi Tina no es, no es mija, no, no es.

¿Sí me ven?

Les digo...

Les digo...

A Tina le gusta buscar conchitas a la orilla del mar y ver cómo se rompen las olas y hundir sus pies y manos en la arena para agarrarse fuerte, porque no sabe nadar, pero... para eso estoy yo aquí, ¿sí me ven? ¡Mírenme! Para eso estoy yo aquí, que soy su papá.

Y no

No

No voy a sacar el cuerpo de esa otra muchacha de aquí. No.

No lo voy a hacer

¡No!

Porque mi Valentina está solita en la orilla del mar...

Sí, me acuerdo

Le digo que de eso sí me acuerdo

Sí

Ella está juntando conchitas a la orilla del mar

Y, y… las olas…

Y la espuma…

¡Sí!

¡Me acuerdo!

Y ya me voy porque mija me está esperando y ya voy a ir para allá.

Velas

Priscila Palomares

*Muchas cosas pasaron después en mi
vida pero esta fue la más importante.*
Inés Arredondo

No sentía mariposas al verlo, sentía que unas hormigas me mordían los pies y me quedaba tiesa. Cuando se me acercaba, nunca sabía qué hacer. Tampoco era el primero que me gustaba sólo que jamás había sentido algo así. Y es que siempre había creído que era más inteligente que los niños. Mi mamá me lo repetía: *las niñas maduran antes que los niños* y tenía razón. Yo aprendí a gatear y a hablar antes que mi gemelo, Miguel.

Y la verdad es que sí, Miguel era un inmaduro. Esa mañana que fuimos a la Puerta de Fe –la tienda favorita de mamá donde no compra nada, pero le encanta ver– Miguel se enojó conmigo porque no le quise compartir de mis hostias de colores. Me insistió que le diera, le contesté que no y me empujó contra una repisa llena de velas en oferta. En total quebramos siete velas y mi mamá se enojó porque tuvo que usar el dinero de la despensa para pagarlas.

–¡Chingadamadre me van a dejar sin dinero, huercos!

Nos regañó mientras caminábamos de regreso a casa. Pero en realidad, lo que decía mamá no era cierto porque desde que corrió a papá de la casa el que nos daba dinero para la comida era Joel, su novio. No sé ni por qué la quería, mamá era despreciable. Tenía arrugas en la cara y quemaduras de cigarros en los brazos, no hacía nada; más que estar sola en su cuarto y dormir.

—Van a ver, huercos. Está castigada la televisión toda la semana.

Nos dijo antes de abrir la puerta de la casa. Ya adentro escondió el control, desconectó los cables y se encerró en su cuarto. Miguel y yo le picamos al botón rojo para encender la pantalla, pero no prendió. Tratamos de enchufar los cables a la pared, después al televisor; pero nada funcionaba y no quisimos seguirlos mezclando porque si lo hacíamos mal uno de los dos podía terminar electrocutado y luego, ni cómo explicarle a mamá lo que había ocurrido y ahora sí vendría lo peor, terminaríamos castigados todo el mes.

Sin nada más qué hacer nos tiramos a la alfombra a ver el techo, observamos las aspas del abanico dar vueltas; hace un mes que la casa se había vuelto silenciosa. Ya no se oían los maullidos de nuestro gato, ni la lavadora, ni los gritos de mamá. Solo el rechinido del abanico, Miguel, yo y el viento golpeando contra la puerta de madera que no lo dejaba entrar.

Si yo fuera el viento, me quedaría afuera o más bien me metería a otra casa donde el refrigerador resonara, donde las puertas dieran golpes y, sobre todo, me metería a una casa donde funcionara la televisión. Porque aquí, el silencio nos tiene amenazados a cada mueble, migaja, y pedazo de polvo. Ya ni las manecillas del reloj se atreven a girar. Papá dice que las cosas están descompuestas y que él las va a arreglar, pero desde que mamá le cambió la chapa a la puerta papá no ha vuelto a pisar la casa. Miguel dice que es mi culpa, que yo invité al silencio, porque soy muy callada y cuando me preguntan cosas en la escuela nunca contesto. Pero yo siento que es culpa de mamá. Ella fue la primera en convivir con el silencio. Ella lo dejó entrar.

Y es que un día, el silencio entró a la casa y expulsó al viento para que dejara de mover las cosas, y así, dejaran de hacer ruido. Le pidió a los resortes de la cama que se callaran y obedecieron; le pidió a la ventana que se cerrara para que no entrara el aire y se cerró; le cortó los cables a la radio para que ni siquiera se escuchara la estática blanca de cuando no hay señal. Ni Miguel ni yo sabemos qué fue exactamente lo que hablaron mi mamá y el silencio, pero lo cierto es que desde que entró ella también dejó de hablar. Si nos quería regañar lo hacía afuera de la casa, tal como lo hizo en la tienda de las velas.

Pero por supuesto que el silencio no se conformó con el cuarto de mamá. Esa misma semana, también invadió nuestro cuarto. Les dijo a las camas que no rechinaran y obedecieron, a las muñecas de hilo les quitó la voz, hasta los cajones se volvieron mudos. Y aunque Miguel y yo los cerrábamos con todas nuestras fuerzas ya no se escuchaba nada, ni el retumbar. Cuando salimos a usar el baño, éste también se había silenciado; desde entonces no le hemos podido jalar al escusado. La popó se acumuló y ahora apesta nuestro cuarto, el de mamá, y la sala de televisión en la que estábamos tirados.

Seguimos viendo las aspas del abanico girar hasta que alguien tocó la puerta. Corrimos a abrirla. Miguel pensó que era papá, pero yo ya sabía que era Joel, el novio de mamá, con bolsas de súper en las manos. Miguel se le quedó viendo con cara de odio, yo me puse nerviosa. Le sonreí mirando al piso. Nos entregó las dos bolsas y se dirigió al cuarto de mi madre.

Yo me fui a sentar al sillón esperando que Joel volviera a bajar. Miguel sacó la caja del cereal e intentó abrir la caja con todas sus fuerzas, pero al abrirla, los cereales explotaron por todo el piso. Nos volteamos a ver, le quise gritar que era un idiota, que cómo se le ocurría abrir la bolsa de esa manera, solo a un niñito le sale mal, pero no me salió la voz para reprochárselo. Y a él tampoco le salió la voz para defenderse. Ni modo, el silencio nos había habitado y no nos quedó de otra más que esconder los cereales debajo del sillón para que mamá no se diera cuenta. Joel salió del cuarto de mi madre. Miguel se escondió detrás de mí. Yo me acomodé el cabello para verme bonita.

—Ya me dijo su madre lo que hicieron.

Me indicó con la mano que me sentara en el sofá. Él sacó de su chaqueta una cámara vieja que mamá la dio para que la arreglara pero nunca se la regresó. Se me acercó para acariciarme la mejilla. Sentí que unas hormigas me mordían los pies, me quedé tiesa, tenía ganas de abrazarlo, pero no sabía cómo moverme. Él me dio un beso en la nuca y me dijo que no me preocupara, que a cualquiera se le quiebran las velas; que me acostara en el sofá.

Miguel volteó a ver la puerta como esperando que llegara papá. Sin querer pisó uno de los cereales, pero el pedazo de azúcar no se atrevió a hacer ruido porque Joel acababa de cerrar la ventana. Aunque yo traté de abrirla, él me detuvo y me apretó los hombros. Me devolvió al sillón donde me pidió que me quitara la blusa; donde me puso en la mano una vela como la que rompí; donde me recostó para que sintiera, de adentro hacia afuera, cómo me carcomía el silencio.

Escalera de conciencia

Itzia Rangole

El universo es un infinito, gélido y negro ultravacío. Esa es la información crucial, mi nombre no es de interés. Tú y yo nunca vamos a conocernos. Si tienes mis palabras en tus manos, estoy muerta. Son variados los rumbos a los cuales te puede conducir el haberte topado con estas hojas. Puedes optar, hasta donde tu equilibrio emocional te lo permita, por ser indiferente, ser un desquiciado o, como yo lo hice, transformarte en una burócrata de la insensatez trabajando para la Agencia.

Mi infortunio empezó con una idea, cuando se la comuniqué al Departamento de Literatura, mi equipo la tomó por válida y colapsó. Al ser nuestra responsabilidad, informamos a los mandos superiores de nuestra conjetura. Uno a uno fuimos desapareciendo. Yo soy la última. Ahora lo comprendo, después de largas y tormentosas cavilaciones al fin lo veo. La Agencia oculta información a sus propios miembros.

El acceso al conocimiento depende de tu posición en el organigrama de la corporación. Mi grupo sabía algo fuera de nuestra incumbencia, por eso nos convertimos en un lastre. Nuestro cerebro era un lugar repleto de detalles dantescos sobre la existencia humana. No podíamos andar merodeando por ahí, éramos un peligro.

Me están dando caza. No los culpo por intentar asesinarme, sus actos están motivados por la lógica. No te confundas, no son malas personas, no importa su reputación, actúan con rectitud, de no hacerlo, tú sabrías la verdad. Antes yo también hubiera guardado silencio, sin embargo, ahora, en el otro lado de la línea, me declaro anarquista.

Allá afuera no hay nada, en absoluto nada y por nada quiero decir nada. A la Tierra la cubre una oscuridad inmensa sin principio ni fin. El espacio es un ente inexpresivo y vano. A excepción de nosotros, el universo está desprovisto de vida. El cosmos es una enorme ausencia.

Hace siglos diversas personas interrogaron al mundo y hallaron la nada, entonces, fundaron un grupo de poder, la Agencia. Una organización secreta encargada de vigilar el conocimiento. Su especialidad es restringir la inteligencia humana. Su objetivo es controlar el mundo. Su cuota de ingreso consiste en contemplar las tinieblas.

Se decidió ocultar la verdad al público, el engaño favorece la estabilidad mental de la sociedad. La Agencia inventa y difunde teorías sólidas para perpetuar la mentira. Todo cuanto has aprendido en tu vida es ficticio.

La primera misión espacial de la historia confirmó las sospechas de nuestros fundadores: nada es nada. Los tripulantes se toparon con un escenario vacío. Quienes han replicado el experimento se han encontrado con circunstancias exactas a las descritas.

¿No me crees? Divisa el cielo. Va a costarte un poco de trabajo, pero convéncete: solo hay carencia, entonces, serás capaz de ver todo cuanto te rodea tal y como es. Asegúrate de estar preparado, al abrir los ojos, estos van a toparse con un sitio lóbrego, donde no hay ni sol ni luna ni estrellas. El lugar donde estás se va a transformar en un orbe renegrido. Al deshacerte de todas las estructuras intelectuales concebidas vas a cundir ante delirios.

Si carecemos de un universo estamos desprovistos de integridad: adiós al tiempo, al espacio y a la materia. No existe ni una partícula de polvo ni una galaxia. La luz y el calor se desvanecen. Nuestra ubicación es el borde de la infinitud. La expansión del espacio se detiene.

Los civiles no pueden tener ninguna noticia con respecto a la nulidad del cosmos. La angustia provocada por el descubrimiento destruiría su rutina. Por eso, el Departamento de Cordura detiene la divulgación de cualquier rastro de información no aprobada por la Agencia. Ellos te van a arrebatar esta carta.

Mi trabajo consistía en imaginar un cosmos infinito con cientos de miles de millones de cuerpos celestes. Fueron buenos días. Los domingos en la tarde inventaba agujeros negros. Me divertía al desglosar con rigurosa minuciosidad lo inexistente. Solía bromear en acaloradas controversias sobre si Plutón es o no un planeta. Todo terminó al emitir mi último reporte de labores.

Una idea compuesta de dos palabras me destruyó: no existimos.

La consigna cartesiana apunta: pienso, luego existo. La conclusión es verídica, pero también es un error. La persona confirma su realidad por medio de su capacidad de razonar, pero esa es la única certeza, fuera de ello, todas las experiencias son falsas. Piensa, por lo tanto, la persona afirma su conciencia, pero no válida por necesidad la existencia del mundo.

El absoluto también es un solipsismo. A Hegel se le escapó una opción, es imposible la síntesis cuando la antítesis convierte al absoluto en nada. Los filósofos mienten, no buscan la verdad, amparan su ignorancia bajo el manto de la epistemología. Todo es un juego de semántica.

La Agencia es una institución amenazante. El Departamento de Cordura está conformado por mercenarios. Nadie quiere a los de su oficio, no obstante, su valor de utilidad es alto, se les contrata para diferenciar entre quienes merecen la guillotina, la casa de la risa o ser ignorados. En sus ratos libres destruyen vidas. Por ejemplo, arruinaron mi psique.

Toda esta fantasía está ocurriendo en mi mente, por supuesto, es real para mi cerebro, no importa a dónde vaya, estoy acorralada, escucho a cada momento los pasos de mis captores. Están a mis espaldas. Estoy perdida. No veo ningún futuro. La existencia es una escalera de conciencia y no llega a ninguna parte. No hubo, no hay, no habrá nada.

Sección doscientos noventa

Itzia Rangole

I

Hace algunos meses encontré una libreta entre los libros más viejos y llenos de polvo de la sección doscientos. Su presencia fue un presagio de peligro. Nadie se pierde por los pasillos oscuros y lejanos ni visita el peldaño inferior de un mueble viejo por casualidad. No sé quién abandonó el cuaderno, pero después de leer las hojas pude entender el porqué de la decisión.

La autora donó el único ejemplar de la historia de su vida a la biblioteca pública. Aquí está la transcripción del manuscrito, el cual se encuentra archivado en la sección noventa de este edificio para su consulta.

II

13 de febrero

Aunque todos merecemos el paraíso, ninguno de nosotros va a llegar a él. Nos elevamos por medio del fuego, pero quien encienda la chispa de la destrucción vivirá atormentado por sus actos. El elegido está llamado a quemar vivos a sus compañeros, ellos viajan al cielo, pero él se condena al infierno.

III

27 de marzo

Agustín me cuenta acerca de sus viajes. En el Olimpo fue declarado por los dioses: «el profeta del universo». A pesar de su poder, él se digna a hablar conmigo.

IV

05 de abril

El destino de Agustín es ser nuestro líder. Es un ser de luz porque cuando nació fue tocado por los astros.

V

14 de junio

Hoy se ha casado. Tenemos una nueva esposa y una nueva casa. Ahora vivimos en los límites de la ciudad. Cada día llegan más aliados, todos nos pertenecemos los unos a los otros, estamos hilados por la fortuna, somos compañeros de existencia y pasajeros de la misma autopista.

VI

23 de agosto

Vi cómo él la tocaba y la besaba. Agustín la atraía hacia su cuerpo y se apretaba contra ella. Conmigo nunca lo ha hecho. Algunas mujeres mayores lo aman como hijo, no como hombre; pero yo sí, yo lo deseo. Quizás si recito uno por uno todos sus mandatos, él se acerque a mí.

VII

01 de noviembre

Nuestro deber es cuidar de su cuerpo y de su alma, somos el rebaño de Agustín.

VIII

(Texto sin fecha)

Tengo la boca seca y mi estómago está hinchado. Necesito beber un poco más de la pócima secreta. Es fresca y es dulce, cuando la pruebas el mundo tiene un sabor distinto, subes dos peldaños minúsculos en la escalera invisible de la naturaleza, la cual no tiene ni principio ni fin ni forma.

IX

Agustín nunca lo ha dicho, pero yo lo sé: él tiene poderes. Cuando alguien del grupo se rebela contra su autoridad, esa persona, arrepentida de su error, desaparece.

X

Mis uñas se quiebran. Mi cabello se cae.

XI

Ha llegado mi turno de ir a la calle. Tengo miedo, no sé si lo voy a hacer bien, hace mucho que no hablo con ninguna persona fuera del grupo. Él nos aconseja no salir del terreno, los demás no nos entienden. Yo tampoco los entiendo.

XII

Tomo asiento en una esquina, estiro la mano y clamo misericordia. Veo a la gente caminar por la plaza, escucho sus discusiones, me río de sus bromas, me compadezco de sus penas, ellos apenas reparan en mí. No puedo sostener la mirada, Agustín nos permitió beber un poco de la pócima antes de partir, así es como nos ayuda a soportar el tormento de la existencia.

XIII

Él lo confirmó hoy ante el grupo: pensar es un pecado imperdonable. No puedo pensar. No pensar. No pensar en nada. Pensar en la nada. Pensar sobre nada. No pensar en nada al no pensar. No pensar. No puedo pensar.

XIV

La culpa la tuvo Eva. Ella es la responsable de nuestra ruina. Las mujeres somos carne débil, seres frágiles y vulnerables. A nosotras las emociones nos controlan.

Agustín decidió renovar sus votos matrimoniales. Se casa otra vez con todas sus esposas, pero no conmigo. Voy a hablar con él. Me voy a armar de valor y voy a hablar con él.

XV

Agustín me ama, escuchar su declaración me provoco escalofríos, sentí un impulso eléctrico en mi cuerpo. Me ama, pero yo no estoy lista para amar. Él lo ha dicho.

XVI

Durante estas últimas semanas me he esforzado. Aun así, no fue suficiente. A los ojos de Agustín no fui capaz de dar solución a todos mis defectos para poder ser su esposa.

Hoy se celebró otra boda. Fue preciosa como siempre. El profeta presidió la ceremonia, le fascina repetir que él es juez y parte.

El extraño vino a mi saco de dormir otra vez anoche. Prefiero no saber quién es, solo cierro los ojos e imagino a Agustín encima de mí.

El extraño tampoco me mira, tiene su vista clavada en la pared, tal como mi padrastro cuando tiraba en el piso a mi madre. Un día le pregunté si me amaba, soltó un gruñido, dejó de moverse, se levantó y se fue; igual como mi padrastro cuando mi madre lo trataba de acariciar.

XVII

Ha nacido otro de sus hijos, ese niño es un nuevo heredero del reino de su padre. Junto a sus hermanos, le aguarda el dominio de miles de millones de estrellas y planetas.

Muchas de sus esposas son mamas. Él acepta a todos los bebés como suyos, no le interesa quién es el padre, todos somos responsables de todos. Formamos una unidad. Nuestro legado para la especie humana es adorar a Agustín como padre, redentor y profeta.

Si él me diera la oportunidad, yo sería una buena compañera. A todos mis hijos les diría: «mira a Agustín, él es tu padre, fue enviado por los astros a la Tierra. Mira, este es tu padre, no se lo digas a nadie más, porque él quiere permanecer humilde, pero es un dios encarnado».

XVIII

Nunca me ha tocado. Hoy fui a hablar con él otra vez.

XIX

Agustín, profeta entre los profetas, humano hermoso, nunca esposo mío, amante negado, maestro admirado, mi todo, por fin entendí tus palabras. Perdón por mi tardía comprensión, disculpa mi ceguera, excusa mi desafortunada demora. En silencio el discípulo elegido va a tomar entre sus manos el fuego y los va a quemar a todos.

XX

Agustín ha confirmado mis sospechas. Estoy llorando. Él no lo mencionó antes para no romper mi corazón. Fui bendecida. No concibo tanta dicha. No puedo ser suya porque soy la elegida. Yo soy quien debe encender la llama de la salvación, él me ama y me protege, por eso no me toca.

XXI

El día ha llegado, es hoy. Agustín, perdóname, cometí el pecado mortal de pensar.

XXII

Las ventanas tenían barrotes, eso facilitó mi tarea. Eché candado a las puertas de la casa antes del amanecer, mientras todos dormían. Cuando despertaron comenzaron a reír y a bailar. Los gritos empezaron después. Todo se amontona en mi mente. Los amo, los bendigo, no se preocupen más, ya habitan el paraíso.

XXIII

Todos están juntos y están con él.

XXIV

Cuando Agustín me vio, me pidió abrir las puertas, según él todavía no era momento de ascender. Primer error, solo el elegido conoce la fecha pactada para la inmolación. Yo soy el instrumento, yo conozco el día.

Los demonios tomaron control de su mente, las palabras de Agustín se transformaron en blasfemias y en aullidos. Mis compañeros se asustaron, dejaron de bailar y cantar entre el fuego e intentaron zafar con sus manos las cadenas y los candados.

Agustín me mintió. Desesperado renegó de sí mismo y proclamó no ser un dios. Dijo que todo era una mentira. No le creí, el mal espíritu había tomado control sobre su cuerpo.

Fui fuerte, Agustín, a pesar de tus súplicas, no abrí las puertas. Ni siquiera cuando me pediste matrimonio te di las llaves. Todos clamaban por salir, tú me insultabas y yo repetía tus enseñanzas.

XXV

Todo fue silencio. Todo es cenizas y silencio. Mi alma está maldita. Voy a vivir en el infierno, pero ellos están en el cielo, mis actos valieron la pena. Agustín, ya todos están contigo.

XXVI

No sé qué hacer, encontré un poco de pócima, la bebí y me sentí mejor. Todo se veía más alto, más grande, más brilloso. El mundo es otro.

XXVII

01 de mayo de 1974

Mi madre se echó a reír en cuanto me vio llegar. Mi padrastro murió el año pasado.

XXVIII

10 de mayo de 1974

Si traigo dinero a la casa ella me va a permitir vivir aquí. No le importa cómo, me dijo, le importa cuánto.

XXIX

21 de mayo de 1974

Una vecina me contrató para trabajar en su papelería.

XXX

22 de mayo de 1974

Agustín, tú eres mi destinatario.

XXXI

24 de mayo de 1974

Hoy descubrí las láminas escolares. Son fantásticas, están repletas de texto, dibujos y colores. Tienen mucha información escrita en letras pequeñas.

XXXII

25 de agosto de 1974

Me consagré a tu iglesia, Agustín. En ella permanezco.

XXXIII

06 de septiembre de 1974

Todos los días me duele la cabeza.

XXXIV

12 de septiembre de 1974

Se me ocurrió una idea. Las láminas se realizan sobre temas, lugares, eventos y personajes importantes, ¿no? Entonces, tú debes aparecer en una de ellas. Voy a volver a ver tu rostro. Te voy a abrir las puertas de mi casa. Mi casa.

Mi mamá se internó en el hospital. Llegó al lugar y se negó a irse, fue muy convincente, cumplió todos los requisitos para el alta en psiquiatría. La visito una vez a la semana. Algunas veces no aparece.

XXXV

19 de octubre de 1974

Te he buscado, pero no sé nada de ti. Examiné una por una todas las láminas de la papelería, pero no estás en ninguna. Las revisé varias veces. No estás. Le pedí ayuda a mi jefa: «por favor, necesito encontrar a dios». Ella me tomó de las manos, me alargó una lámina de otro peldaño del librero, pero no eras tú. Mañana voy a ir otra papelería más surtida.

XXXVI

30 de octubre de 1974

No te encuentro. No sé nada de ti. No sé dónde estás. Por favor, aparece. Fui a preguntar por ti en la Iglesia de San Agustín, nadie te conoce, un hombre incluso me cuestionó sobre quién me había platicado tantas historias. Ese hombre me interrogó, Agustín, quería saber quién eras tú, dónde vivíamos y qué estuve haciendo durante los últimos años. Me fui.

XXXVII

07 de noviembre de 1974

Voy a encontrar tu doctrina, Agustín, voy a encontrar a otros creyentes. No éramos los primeros con los cuales vivías en una gran familia. Estoy segura.

XXXVIII

20 de noviembre de 1974

No puedo dormir. Los escucho.

XXXIX

04 de diciembre de 1974

En una papelería me han aconsejado acudir a la biblioteca pública. Lo hice y hay tantos libros, en alguno de ellos vas a estar tú.

XL

06 de abril de 1975

Agustín, no te encuentro. ¿Dónde estás? Por favor, aparece. No estás en ningún sitio, Agustín, nadie te conoce. No he leído nada acerca de nuestra religión en ningún libro. No hay nada en los textos acerca de los dioses o de tu doctrina.

XLI

07 de abril de 1975

Yo soy la redentora de tu rebaño, ¿verdad?

XLII

11 de abril de 1975

¿Tú mentías o todo esto es resultado de la maldición?

XLIII

19 de abril de 1975

El sonido de las voces es cada vez más claro. Las escucho a todas horas, sin tregua, como un tambor situado a mitad del campo de batalla. No puedo dormir, no puedo respirar, no estoy tranquila.

XLIV

23 de abril de 1975

¿Qué hice?

Neurosis

Maryan Escobar Manrique

Hoy recordé a Vanessa, de repente la ansiedad me llegó de golpe —¿dónde estará? ¿Habrá sobrevivido?—. Después de todo, no sé si hubiera preferido que no despertara. Su nombre resuena como una culpa más, otro remordimiento. La veía a ella y me recordaba a mí, ser adulto me ha dejado esta incapacidad para acercarme a los demás, no sé pronunciar un saludo a menos que sea cordial y vaya despidiendo un correo electrónico. Pero la realidad es esta, no hice nada para salvarla de una vida que ya había visto, de la constante de tragedias con las que Dios te maldice por haber nacido niña, hija de un alcohólico y de una mujer que nunca se contentó con ser madre.

Repaso sus palabras, una, mil veces. Su mirada con admiración y alegría, esa que yo también sentí hace años cuando lo encontré a él, la única persona que me había dejado sentir dolor y abrazarlo, enjuagar mis tristezas, peinarlas de ficción. La veía tan grande, es decir, físicamente, era una adolescente mucho más formada que yo a su edad, para mí era un roble, tal vez por eso creí que podía salvarse de algo que yo, por falta de fuerza, no pude.

No me acerqué, mantuve mi distancia, los problemas propios siempre parecen mayores cuando uno está ensimismado, cuando no puedes ver que entrometerte es hacer algo cuando se puede, no cuando te sobra el tiempo para regalar caridad afectiva. Pero el destino de las desgracias no da tiempo extra, a veces se aleja, pero no descansa, no te deja regresar de vacaciones, no da segundas oportunidades.

La violaron ya con sangre en la cabeza, dentro de todo, ella sí fue más fuerte, tuvieron que sacarle los sesos para hacerlo, yo me contenté con cerrar los ojos. Tal vez ya no quería estar viva, tal vez ella había comprendido, a sus catorce años, que nunca iba a terminar, que el ciclo se iba a repetir con diferentes cuerpos, con distintos acontecimientos, pero siempre con la promesa de que el golpe iba a ser más duro, el dolor más agudo, con algo de ella yéndose en cada uno de ellos.

Este dolor que siento, que me corta la voz cuando digo su nombre, cuando le pregunto a su padre por su estado de salud, ¿acaso es mío? Me doy asco al pensar que me estoy apropiando de algo que jamás entenderé, que estoy haciendo academia del sufrimiento ajeno. Este dolor, esto que solo rozo con la epidermis de mis arrepentimientos. La vida ya pesa bastante, el metal de la balanza está deforme.

Nadie lo entiende, nadie lo quiere entender. Todos se aferran a lo bueno, a ese milímetro vacío dentro de la podredumbre, al vuelo liviano que se escapa de los zapatos de plomo, de lo que abrazamos por cotidiano. El papá de Vanessa le da gracias a Dios todos los días, yo misma lo he escuchado. Agradece tener a su hija robot, que sonríe a medias porque el golpe con una plancha de fierro le explotó los huesos del cráneo y asfixió su nervio facial.

Pesa, y no vivimos, nos arrastramos. Veo a mis intentos desde lejos, a diario, gateando, jadeantes, con más achaques y menos ingenuidades. Y la ira, esta gastritis colectiva que se medica para funcionar, que se recupera porque tiene qué, que anda, violada, con fracturas, ya en la inconsciencia.

El que era dolor de cabeza ya es derrame, ya no deja razonar, no da para argumentación, pero pesa, aturde, duele, y esa es la única constante. Duele tres o cinco veces, dependiendo de la época o la cercanía con la tragedia, pero insiste, es la gota que va ablandando la piedra.

El desayuno o la cena, el pan, el vino y la sangre, y la sangre de nuevo, en la presentación de su preferencia, en la forma más conveniente. El silencio en la calle que no es paz es amenaza, cautela, encierro. Encierro voluntario, cautiverio, intromisión. Porque aún tenemos voluntad, eso dicen… porque todavía no nos han quitado la palabra.

LOS OTROS

Maryan Escobar Manrique

*

Que todo fuera ficción, un desdoblamiento de la vida, realismo mágico para los europeos. Cualquiera que haya vivido en algún rincón de Latinoamérica entiende que esas categorías solo existen para delimitar lo que nosotros advertimos intrínseco, enterrado, cotidiano como el maíz y el frijol. El entretenimiento para los blancos, la romantización de la barbarie, no se necesita mucho para escribir; sustitución de lugares, permutación de nombres, arrancarte la parálisis que te entumeció hace más de diez años.

Quisieras ser dueño del ingenio, poder crear el terror, planificar el miedo, ficcionalizar el dolor. Escribes y entiendes que tu labor se aleja de la estética que circunda a la literatura y poco a poco se pervierte entre la suciedad de lo habitual, entre la jerga del relato. Pero escribes, te dices a ti misma que si lo postergas un día más, si lees sobre otro agujero en la tierra, una desaparición, tu cuerpo también se va a atrofiar. No es solo tu voluntad, no es el pensamiento, las manos se entumecen de trabajar con la inercia, los tendones se debilitan, tus articulaciones están casi anquilosadas.

Las enfermedades mentales se desataron. Las generaciones más avanzadas arrojaron la culpa sobre la fragilidad emocional de los jóvenes, al parecer, son los hijos de nadie. Los caracteriza la falta de aplomo, son los políticamente correctos. Todos necesitan terapia, cuando menos, los que han vivido lo suficiente y de cara a esto, medicamentos. Su dolor no cesa, no se adormece, pero la fluoxetina hace que se confunda entre todo. La melancolía se materializa de golpe y una tarde, mientras acomodas tu silla en el patio para ver a la gente que pasa por la calle, te preguntas *¿en qué momento se fue a la mierda todo?*

Lo más abrupto fue la velocidad con la que tu cotidianidad cambió. Las primeras semanas avanzaron graduales: balaceras, incendios, extorsiones, secuestros, violaciones, mutilaciones, todo en distinto orden y, la mayoría de las veces, en combinaciones arbitrarias. En ocasiones te alejas lo suficiente, durante tus estancias prolongadas, distante de todo, te convences de que ya pasó, otras de que nunca fue, pero regresa. En la madrugada abre la puerta del closet, camina despacio y se para frente a ti, te observa dormir, sonríe, es el guardián de tus sueños. El terror que sembraron durante los primeros años bastó para extender indefinidamente el recuerdo, la amenaza latente.

En la región más oscura nada alcanza. A penas hay oxígeno para respirar, el calor lo abrasa todo, cualquier idea se funde, lo peor es eso, nada se disuelve. Solamente queda una masa amorfa, un charco sin espacio para el reflejo, la imposibilidad. Ellos viven, tienen qué. Qué sobrevive al final, si no es eso, el tedio, el apego a lo diario. No todos los días, pero, a veces, se asoma una brisa, permanece la humedad, pero el calor no se lleva nada, solo es un hálito, esperanza. Pero, qué ha sido la esperanza en este lugar, sino la domadora del raciocinio, un eterno viaje de regreso, la tierra prometida.

En la región más oscura solo entra la luz cuando el gigante quiere. *Hoy pueden jugar,* y enciende su linterna, los deja ver un poco, siempre lo que él quiere. Ellos juegan, cuando hay oportunidad no la desaprovechan, todo lo demás es trabajo. Algunas veces escuchan su voz, existen rumores sobre su identidad, puedes ver sus miembros mutilados, otras ocasiones los deja en jaulas. Nunca han sabido si él mismo los arranca porque ya no le sirven o si en verdad existe alguien que pueda luchar lo suficiente para debilitarlo y extirparle algo. Le llaman *El ajolote,* nadie se explica cómo se regenera tan rápido. Si pierde una extremidad, ese mismo día alcanzan a ver el esbozo, algo nuevo crece en su lugar.

Todo lo planearon a la perfección, tuvieron tiempo de sobra para preocuparse por los detalles. La región fue el mejor de sus experimentos, no lo hicieron, por supuesto, en su casa, encontraron un lugar intermedio, lo suficientemente lejos como para huir, pero bastante cerca para que algunos empezaran a intuir los apellidos del gigante. Y no es que a su clan le preocupe mantener en secreto su existencia, lo importante es que su descubrimiento sea paulatino, en calma. Plantaron una semilla, la alimentaron de manera constante, su abono era orgánico, En las noticias retrataron al gigante con rostro de extranjero, un desconocido. El escenario estaba listo, la imaginación abolida por decreto. Los otros, ellos, jamás pudieron identificarse con el gigante. Su incapacidad para reconocerse en el lugar de él los mantuvo creyendo por años que venía de afuera, de una periferia a la que nadie tenía acceso. No se imaginaban, ni de chiste, que los cuidaba de noche, que era el vecino de un otro.

Han pasado más de diez años y a penas algunos comienzan a preguntarse qué es lo que pasa. Los que pudieron, se fueron, los que se quedaron, soportaron. En la normalización del terror, de la violencia por poder, por gusto, las dinámicas son cambiantes, enérgicas. Cuando todo empezó, nadie salía de casa, la ilusión de la vida bajo el toque de queda supone que existe un fin delimitado, crees que alguien va a tocar a la puerta de tu hogar para decirte que ya puedes salir, que todo volvió a la normalidad. Y sí, todo se regularizó, tú lo sabes. Tuviste que abandonar tu lugar seguro porque había que trabajar, porque la rutina había cambiado, ahora ganas dinero para pagar, para que no interrumpan tu cuarentena y te entreguen en miembros a alguien de tu familia, porque los otros no se regeneran, los dedos de tu hijo no vuelven a dibujar monstruos, los pechos de tu esposa no crecen de nuevo.

*

Después, comenzaron a pelearse por ver cuál era el mejor gigante. La única certeza que tenían, ahora se veía amenazada porque en el país se originaban cada día regiones más oscuras. El gigante era su constante, la plática de sobremesa. A los otros les molestaba cuando comenzaban a hablar de sus muertos, de cómo ya no se podía vivir ahí sin que te robaran. Sonreían para sus adentros, felices, sabían que su situación seguía siendo peor. Miraban a los demás con la soberbia de quien dice *con qué poquita agua se ahogan,* aunque lo que mostraban a ellos era una tristeza profunda, tenían que mantener el *status quo.*

*

Les decían que le cortaban una pierna y los otros celebraban. Con el tiempo se enteraban de que a quien le habían cortado un miembro era a uno de ellos, pero, tú sabes cómo son los monstruos…

*

La primera vez que lo viste tenías quince años. Lo recuerdas a la perfección porque hizo su aparición el día después de tu fiesta, toda tu familia te asocia con la desgracia. Aunque escuchaste que unas horas antes había causado destrozos, no había nada para hacer de cenar en tu casa y salieron a buscar un puesto de comida. Los tres caminaron juntos, las calles estaban sumidas en el silencio sepulcral que reinaría durante meses y mientras caminaban parecía que no lograrían su misión. Diez minutos después alcanzaron a ver una luz en una esquina, su salvación. Casi cuando iban llegando al lugar escucharon la explosión, jamás habías escuchado ese ruido, tu cara despreocupada lo hizo obvio. La señora que estaba dorando tortillas en el comal se tiró al suelo en ese instante, ellos intercambiaron miradas y tú corriste por inercia, porque los viste huir. Nunca cuestionaste por qué tus padres no se preocuparon por hacer explícito que tenías que ir tras ellos, todo sucedió muy rápido.

Corrías con una sonrisa en la cara, tu madre volteaba constantemente para asegurarse de que siguieras junto a ella, su mirada estaba llena de pánico y sus labios, delgados, apenas dibujados, estaban secos. Te miraba sorprendida, mientras reías con una histeria que nadie se explicaba, ni siquiera tú. No era tu risa nerviosa, estabas feliz porque algo pasaba, sentías al gigante pisándote los talones, derrumbando lo que alcanzaba a su paso. Luego siguieron pasando cosas y la adrenalina se convirtió en llanto, el llanto en amargura, la amargura en enojo, a veces en duelo.

Tú eres uno de los otros y, pronto se dieron cuenta que les iban quitando integrantes. Lo supiste cuando se llevaron a Alex y, Jorge, su hermano, se quedó solo. Se fue de la región, no soportaba los rumores sobre la pertenencia de Alex al clan del ajolote. Nunca supiste qué pasó, se lo tragó la tierra. A veces observas esa foto en tu computadora y te preguntas si el hombre sobreprotector y alegre, aquel que conociste en un retiro católico de fin de semana, tuvo algo que ver con la muerte de tu hermano.

*

Las mujeres de la región más oscura se borran, ¿qué pasa con las que habitan los lugares intermedios? Ellas no viven con lujos, no son las novias de los gigantes famosos. Ahí no nació *El Chapo,* ni se han creado series de televisión o películas sobre la vida del gigante. Ellas no tienen esos cuerpos, ni esos cirujanos. Tampoco son una comunidad indígena violentada por hombres blancos con poder. Los caucásicos son sus hermanos, tienen tierras, pero entre la familia se saquean. Las anulan las mujeres de la región más rica del país, *las otras* habitan en la periferia del espectro de la mujer blanca, rubia, delgada, nariz afilada, rica, con marido más rico, campo de golf el sábado, misa de las doce el domingo. Aunque en este último aspecto coincidan las mujeres de muchas regiones, solo algunas cuantas tuvieron el privilegio de heredar rasgos de una abuela que venía de ese norte donde la explotación se denomina emprendimiento. El país imagina a las otras como ellas, la cercanía geográfica y cultural engaña.

¿Dónde están, entonces? Las que no quisieron, las que no pudieron acceder a ese arriba, a la región rica, a la utopía alcanzable.

UN DÍA UN SOLDADO ME TOMÓ UNA FOTO

Paulina Zamora

Eran minutos antes de las cuatro de la tarde, volvía al trabajo después de la hora de la comida y atravesaba la avenida hacia la plaza principal. En la acera de enfrente había un camión militar estacionado con tres o cuatro hombres. Levanté la mirada y vi la cámara compacta tipo *cybershot* con un dedo accionando el obturador, más arriba hallé los ojos del soldado encapuchado. El tiempo empezó a dilatarse como un cuerpo en cámara lenta, abriendo un portal en la calle mientras la cruzaba. No me detuve ni bajé el rostro en lo que me incorporé a la plaza. Fueron dos disparos. El corazón se me quería salir y seguí caminando con escalofríos en los brazos.

Varios años después comprendería que ser apuntado con una cámara y temer como si lo hicieran con un arma no era una reacción exagerada. La comparación existía desde hace mucho en textos teóricos. Susan Sontag, en *Sobre la fotografía*, escribió que «hay algo depredador en la acción de hacer una foto. Fotografiar personas es violarlas, pues se las ve como jamás se ven a sí mismas […]; transforma a las personas en objetos que pueden ser poseídos simbólicamente».

Tampoco es casual la naturaleza predatoria de la fotografía y la respectiva analogía entre la cámara y un arma de fuego, desde la construcción del dispositivo, su función y el lenguaje: capturar y cazar, el disparo fotográfico y el disparo letal, el visor y la mirilla, el carrete y el tambor, el obturador y el gatillo. Eso me lo explicó Imanol mucho después.

¿Cuál sería el paradero de las fotos que me tomó aquel soldado? No sé. Interpreté la experiencia como un aviso de cuál era mi lugar en el mundo, en específico en esa ciudad del norte del país. Un territorio en disputa entre dos cárteles, el establecimiento de un cuartel, campamentos de policías federales en varios hoteles como el que estaba frente a mi departamento, otro de marinos a las afueras de la ciudad: un campo de batalla.

Tenía veintidós años. Trabajaba diseñando anuncios y lonas para negocios locales, me había independizado y vivía en un departamento lindo de doble altura construido en la década de los 40s. Los viernes o sábados frecuentaba un bar con aire acondicionado y muy poca luz, donde podía fumar dentro y un grupo tocaba cumbias. Asistía solo y nadie me molestaba: el que atendía la barra, los músicos y el dueño me conocían. Esa era la vida ordinaria que vivía. Soñaba despierto. No sabía que había gente lejos de mi circunstancia escribiendo libros y discutiendo sobre la llamada «guerra contra el narco» de Felipe Calderón. Nunca había escuchado el nombre de Foucault y sospecho que tampoco sabía en qué consistía el arte contemporáneo. Tomaba fotos como forma de evadirme de mi realidad. Escribía y también dibujaba.

Por más de una década evité traer mi experiencia al tema de conversación, por temor a sentirme vulnerable y también porque muchos lo piensan como «una guerra de buenos contra malos», con una enorme falta de perspectiva y de matices, con excedente de clasismo y «microfascismos que siempre están dispuestos a cristalizar», dijera Deleuze. Siempre hay alguien queriendo explicar mi propia experiencia.

Mientras que yo imaginaba el día en que pudiera huir de mi ciudad, Sayak Valencia ya estaba escribiendo que «tal vez toda la parafernalia de la lucha contra el narcotráfico emprendida por el gobierno obedezca a las lógicas de un proyecto de eugenesia cruenta», y nosotros tan lejos, lejísimos de comprender el terror colectivo que se instaló en el cuerpo de todos.

De un día para otro, un 22 de marzo del 2010, las conversaciones coloquiales se volvieron susurros, los ojos de la gente se entrecerraron, las calles se vaciaron y a las ocho de la noche empezaba a manifestarse el silencio. A partir de ese lunes nada volvió a ser igual.

Tenía la certeza de que mis días estaban contados, no porque la debiera y la temiera, sino porque en aquel pueblo cañero solo hay dos tipos de personas: los muertos y los sobrevivientes. Con eso en mente me propuse no tener miedo y no bajar la mirada en la calle como los demás, sino caminar con decisión. Parece poca cosa, pero me llevó tiempo este entrenamiento personal; muchos huevos, pues.

Uno anda siempre viviendo en primera persona, hasta que alguien te apunta con una cámara y te das cuenta de que, en ese momento, eres el otro. «Un alguien tiene el poder de representar a un otro», escribe Marina Azahua en Retrato involuntario, donde profundiza sobre la violencia y las relaciones de poder implícitas en el acto de fotografiar.

Luego, y muy lento, aprendería sobre la responsabilidad de tomar fotografías. Después me enteraría de más cosas solo de estar escuchando intelectuales que no saben de dónde vengo. Yo hago como que les entiendo. Si miré a los ojos al soldado que un día me tomó una foto, ¿qué más puedo temer?

SOBRE LAS AUTORAS

Coahuila

Ileana del Río (Torreón, 1993)

Egresada de Comunicación por la Ibero de Torreón. Ha participado en diversos talleres de creación literaria a nivel regional, y en antologías como *Horizontes de Sol y Polvo II: Panorama del cuento joven lagunero* (2015). Al tiempo que se desempeñó como trabajadora del hogar, estudió un curso de guion cinematográfico en la Universidad de Nueva York, donde también se involucró en el activismo por la dignificación del trabajo del hogar. Su largometraje *Génesis*, fue finalista para participar en el Laboratorio de Guion del Festival Internacional de Cine de Guadalajara 2024. Cuenta con un Certificado en performatividad, crítica y dramaturgias expandidas por 17, Instituto.
Actualmente forma parte de la quinta generación de Didascalia: Programa de formación en escritura dramática, impartido por la dramaturga salvadoreña Jorgelina Cerritos y estudia el Diplomado en Actuación para Cine impartido por el maestro Alejandro Bracho. Para mantener sus aficiones a flote, trabaja como *Content Marketer* (lo que sea que eso signifique) para una *Start up*. En su tiempo libre escribe, ve películas, hace pilates y hornea postres.

Jessica Anaid (Saltillo, 1991)

Poeta y narradora. Es Licenciada en Humanidades por la UACJ. Ha ganado premios como el de Poesía Joven Francisco Cervantes Vidal, 2022, el VI Concurso Germán List Arzubide, el Premio Cuauhtemense Destacada, 2023, entre otros. Ha sido becaria del PECDA David Alfaro Siqueiros, PECDA Coahuila 2021. Es Autora de los libros: *Los orgasmos de la tierra* (2016), *Han apagado ya las luces* (2021) e *Innecesárea* (2023), así como de las plaquettes de cuento *La perra que desenterró la luna* (2022), *A la quinta semana de su desaparición* (2023) y *Cuando la tumba se cierra de golpe* (2023). Textos suyos aparecen en diversas revistas locales, nacionales e internacionales. Es beneficiaria de la convocatoria Estímulos fiscales Eka 2023 por su proyecto de poesía *Las fosas del hades clandestino*.

Karyme Saavedra (Torreón, 1999)

Es egresada de la Licenciatura en Letras Hispánicas por el Tecnológico de Monterrey. Participó en el VII Encuentro Nacional de Jóvenes Escritores Jesús Gardea en la categoría de narrativa. Durante sus años iniciales de formación académica fue parte de diferentes grupos de promoción cultural y literaria, como la Asociación Universitaria de Humanidades y la Sociedad de Alumnos de la Licenciatura en Letras Hispánicas. Se ha desempeñado como editora independiente en los últimos años y está interesada en la literatura escrita por mujeres. Recientemente participó como autora invitada en las actividades culturales del grupo independiente *Morras Leyendo Morras* durante la Feria Internacional del Libro Monterrey 2022.

Durango

Ana Karina Solis Campos (Durango, 1990)

Desde temprana edad se vio atraída por la lectura, afición que la llevó a estudiar Letras Españolas en la Universidad de Guanajuato. Su peculiar curiosidad, así como su actitud crítica, están presentes en sus exploraciones. La escritura creativa la ha acompañado desde siempre como una forma de autodescubrimiento y de disección sistemática que se precipita hacia una vorágine interior cada vez más honda. Actualmente, es promotora de lectura y profesora de Literatura en nivel medio superior y de Literatura Moderna en el Instituto Superior Fides et Ratio (Sede San José). Ha sido publicada en la *Tercera antología de Escritoras mexicanas* y *Destejiendo heridas*, además fue seleccionada por el Instituto de Cultura del Estado de Durango para publicar su primer libro de cuentos.

Cibela Ontiveros (Durango, 1984)

Egresada de la licenciatura en Lengua Inglesa de la Facultad de Idiomas y de la Especialización en Promoción de la lectura de la Universidad Veracruzana. Recibió el apoyo del PECDA Veracruz (2010) y PECDA Durango (2012). Premio de ensayo "Ser UV" (2013) con el ensayo *La conquista del otro paraíso* publicado por *La Palabra y el hombre* (#29, 2014). Premio de cuento Final de Bukowski (2013). Premio Nacional Estudiante Universitario Sergio Pitol (2014), categoría relato con el texto *Íncubus* también publicado por *La Palabra y el hombre*. IV Concurso Nacional de cuento de escritoras mexicanas (Antología), cuento seleccionado "Dilemas" (2021). Concurso de Edición ICED (Durango, 2023), libro seleccionado *El infierno que se merecen*. Apoyo PECDA Durango (2023) como Creador con trayectoria. Correctora de estilo, traductora y actualmente docente de Bachillerato; imparte las materias Taller de lectura y redacción, Literatura e Introducción a las Ciencias Sociales. Impartió el Taller de lectura en la Escuela de Creadores de Letras (vía remota, desde Durango, Dgo. (2021 – 2022).

Nuevo León

Irasema Corpus (Monterrey, 1992)

Narradora, docente y promotora cultural. Tiene una licenciatura en letras por la Universidad Autónoma de Nuevo León. En 2021 fue becaria del Centro de Escritores de Nuevo León (convocado por el CONARTE) en el área de cuento. Textos suyos han aparecido en revistas como Papeles de la Mancuspia, Armas y Letras y en las publicaciones *Tercera Antología de Escritoras Mexicanas* (2020) y *Cotidiano: antología de minificción mexicana* (2020). Fue ganadora del III Concurso Nacional de Cuento *"EscritorasMx"* 2020 y mención honorífica del Segundo Concurso de Cuento "Letras en reclusión" 2020, convocado por Fondo Blanco Editorial. También se desempeña como promotora cultural para la Editorial Universitaria de la UANL y como docente de lengua y literatura para la misma institución. Fue beneficiaria del Programa Jóvenes Creadores (antes FONCA), generación 2022-2023.

Marionn Zavala (Monterrey, 1993)

Autora del libro de cuentos: *La balada de Ninfa* (2020). Es Maestra en Literatura Hispanoamericana por la BUAP y, Licenciada en Letras Mexicanas por la UANL. Becaria de Narrativa, generación 2019-2020, en la Fundación para las Letras Mexicanas. Cuenta con publicaciones en la revista "Opción ITAM", el periódico "El Barrio Antiguo", las revistas digitales "Norte/Sur" y "Círculo de Poesía", así como en las antologías de cuento: "Ni una sola palabra" (2022) y "Memorias" (2016) editados por la UANL. Es la compiladora de esta reunión de narradoras.

Priscila Palomares (Monterrey, 1994)

Hola, soy Pris Palomares y pienso que es extraño escribir mi propia semblanza en tercera persona, así que aquí voy de manera directa. Originaria de Monterrey, me apasiona escribir historias que exploran los límites entre la violencia, la culpa y el cuerpo. Mi viaje en el mundo literario comenzó con un reconocimiento en 2017, cuando mi novela breve "Champú" ganó el premio Laboratorio–convocatoria Nuevo León y publicada por la Universidad Autónoma de Nuevo León. Este logro fue seguido por la publicación de "Ecografías" en 2019 con Editorial Cuadrivio. Aunque dedico tiempo a escribir siempre que puedo, mi sustento viene de mi trabajo en la defensa de los derechos humanos laborales y de personas LGBTTTIQA+, colaborando estrechamente con México Igualitario. También me desempeño como docente en la Universidad del Claustro de Sor Juana, en el Colegio de Derecho, donde disfruto enormemente de los diálogos con mis estudiantes. Fui feminista, ahora ya no sé. Y sí, soy una swiftie confesa; incluso imparto masterclasses donde analizo las letras de Taylor Swift a través de la lente de la poesía confesional. Si quieres conocer más sobre mi trabajo o simplemente cotorrear, sígueme en @prispalomaress

Tamaulipas

Itzia Rangole (Tampico, 1991)

En la actualidad se desempeña como redactora web en El Sol de Tampico de la OEM. Ha trabajado como *copywriter* y escritora fantasma en el sector privado. Fue jefa de recursos humanos en una maquila de calzado y es egresada de la carrera de Filosofía y Ciencias Sociales del ITESO. Beneficiaria del PECDA Tamaulipas 2020 en la categoría de cuento.
Cuenta con los diplomados en Desarrollo Humano por la IBERO León, Educación Financiera por la Condusef y Literatura Latinoamericana por el INBAL. Cofundadora y antigua directora de la revista electrónica Miseria. Ha conducido los programas de radio "Más allá de Macbeth" y "Radio Miseria" por el 107.9 fm Radio UDG Ocotlán.

Maryan Manrique (Ciudad Mante, 1995)

Participante en el Diplomado en Preceptiva Literaria del ITCA impartido por Carlos Acosta en Ciudad Mante, Tamaulipas. De dicho diplomado resultó la publicación de un libro titulado *Sábado a las nueve*, en el que figuran textos de su autoría. Es Licenciada en Letras Españolas en la Universidad de Guanajuato. Ha participado en certámenes como el Estatal de Cuento y Poesía "Juan José Amador" obteniendo mención honorífica en la categoría de poesía y primer lugar en cuento, respectivamente. Forma parte del laboratorio creativo de la revista Golfa, espacio que le ha permitido conocer a escritores de otros estados y países, y fomentar mi escritura como actividad habitual. Actualmente escribe cuento. Su interés principal es fomentar la escritura creativa en Tamaulipas, creando espacios para jóvenes en los que encuentren alternativas atractivas, acercándolos a autores contemporáneos y regionales.

Paulina Zamora (Ciudad Mante, 1988)

Artista que a partir de narrativas personales e imágenes propias y de archivo construye proyectos con una mirada íntima, integrando en su práctica fotografía, escritura, video e instalación. Su obra se ha presentado en el Centro de la Imagen, en el Museo de la Ciudad de Querétaro, en la Galería Libertad y en el Museo de Arte Contemporáneo de Querétaro. Estudió el Seminario de Producción Fotográfica, obtuvo la mención honorífica del Premio Dolores Castro 2022 por el ensayo *Tentativa de agotar un relato norteño*. Ha sido beneficiaria de las becas PECDA Querétaro (2018-2019) y FONCA Jóvenes Creadores con trayectoria (2022-2023).

Sobre la Ilustradora:

Ana Ben (Saltillo, 1995)

Estudió durante un periodo en la Facultad de Diseño y Comunicación Visual de la UNAM. Desde el año 2017, se desempeña como ilustradora independiente. Fue ganadora del primer premio en el Concurso Internacional de Cómics en Polonia en el año 2021. Su obra ha sido publicada por Penguin Random House en la novela *La Sombra de los Planetas* (2022). Ha participado en exposiciones en México, siendo parte del proyecto colectivo "Diario Abierto", reconocido con el estímulo "Mujeres Mirando Mujeres" en 2022. Actualmente reside en su ciudad natal.

Puedes apreciar su trabajo visual en: @anabenillustration

ÍNDICE

¿Por qué Chicalotas? 12
Fátima 22
La utopía del parto 34
Actos de cortesía 42
Lágrimas escondidas 50
Teorías 56
El infierno que se merecen 60
Celo 74
Acuérdate de Acapulco 78
Velas 92
Escalera de conciencia 96
Sección doscientos noventa 100
Neurosis 112
Los otros 115
Un día un soldado me tomó una foto 122
Sobre las autoras 126
Índice 132

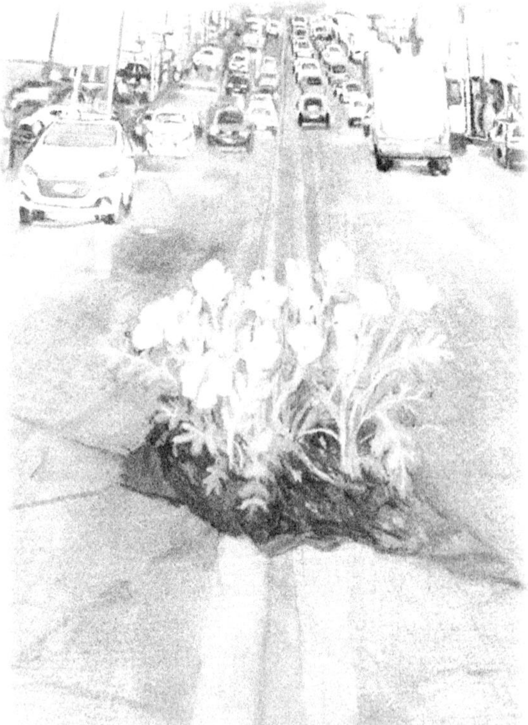

Funámbulo Ediciones

Colección de poesía

Funámbulo
Evy P. Reiter

Dividir el desierto
Mikhail Carbajal

Un árbol pasa y duele como una estación vacía
Dina Tunesi

Tristera
Fernando Trejo

Colección de narrativa

Cuentos para noches de insomnio
Jorge López Landó y Mario Alcalá

Chicalotas: Reunión de Narradoras del Noreste
Marionn Zavala

Chicalotas: Reunión de Narradoras del Noreste de Marionn Zavala se terminó de editar en marzo de 2024, en el marco de la Conmemoración del 8M. La tipografía utilizada fue Garamond y Minion Pro. El cuidado de la edición estuvo a cargo de Mikhail Carbajal.

Lee, siente, comparte.
San Nicolás de los Garza, N.L., México.

Made in the USA
Columbia, SC
21 March 2024